Table des matières

Du même auteur :
The true story of Gabriel Michael Santorum: Are we living in an alternative history?

LA VERITABLE HISTOIRE DE GABRIEL MICHAEL SANTORUM

ET SI NOUS VIVIONS DANS UNE HISTOIRE ALTERNATIVE ?

Albert Ebstein

Traduit de l'américain par Jean-Bruno Méric

Avertissement au lecteur :
Attention, ce livre est magique. C'est un opéra temporel. Il se lit comme un roman d'espionnage entre l'Est et l'Ouest, mais à l'échelle de l'Histoire entière, ou plutôt de deux Histoires parallèles. Dès que vous l'aurez commencé, vous ne pourrez plus le lâcher avant la fin, car il vous révèle des secrets qu'aucun service de renseignements ne connaît encore. Uchronie et théorie du complot se donnent rendez-vous dans ce livre. Ne commencez pas à le lire le soir, car vous risquez de passer une nuit blanche. Sa lecture ne vous laissera pas indemne. Il va à l'encontre de toutes les idées reçues et bouleversera vos croyances les plus intimes.

« La vérité est plus étrange que la fiction.
C'est parce que la fiction est basée uniquement
sur des choses possibles alors que la vérité ne l'est pas. »
(Mark Twain)

MORT-NÉ

Gabriel Michael Santorum est né en 1996 aux Etats-Unis. Né extrêmement prématuré après seulement 5 mois de grossesse, il est mort deux heures après sa naissance. Deux de ses sœurs s'appellent Elizabeth et Maria. Il est le quatrième enfant du Sénateur Républicain Richard John Santorum. Il ne pouvait pas vivre dans notre Histoire, car dans la première Histoire il avait été chargé par le gouvernement américain de la réécrire, donc de l'écraser et de s'effacer lui-même pour sauver l'Amérique et la liberté. Il n'avait jamais existé, tout devait être oublié, c'était une mission-suicide et il le savait.

Lorsque Richard et sa femme Karen pleurent leur enfant mort, ils ne savent donc pas que leur dernier fils est un héros national, qui a sauvé l'Amérique dans la vraie Histoire. Ils ne savent même pas qu'il y a une Vraie Histoire, qui les a précédés et qui faillit finir dramatiquement. Ils sont tout à leur peine, désespérés, ne comprenant pas pourquoi Dieu leur inflige cette épreuve. Ils ne savent pas non plus que leur fils est le Gabriel de la Bible et du Coran, et le Michel dont Jeanne d'Arc entendait les voix. Leur fils est un ange adoré par la moitié de l'humanité. Il a créé sur ordre les trois religions du Livre, à coups de « miracles » et d'effets spéciaux. Il est à la fois saint Gabriel et saint Michel, *sanctum sanctorum*, le Saint des Saints ! Ils ne savent pas que dans notre Histoire il a donné son nom au Santorin, le volcan de la mer Egée dont l'éruption a sauvé Moïse, lorsqu'il allait être rattrapé par la cavalerie de Pharaon. Pire, ils ne savent pas que leur fils est le père de Jean le Baptiste et de Jésus, prénom qu'il a lui-même choisi car il signifie « Yahvé qui sauve ». Yahvé qui sauve l'Amérique (*God bless America*), nous allons voir comment. Le très catholique Sénateur Santorum ne sait pas qu'il est le grand-père de Jésus !

*« L'Histoire est un mensonge
qui est cru par tout le monde. »*
(Napoléon)

« L'Histoire est écrite par les vainqueurs. »
(Brasillach)

LA VRAIE HISTOIRE

Notre Histoire est parsemée de miracles que les historiens critiquent lorsqu'ils sont rapportés par les religions mais, curieusement, pas du tout lorsqu'ils sont rapportés par eux-mêmes. Les religieux croient à leurs miracles, c'est un acte de foi. Les historiens « croient » aussi aux leurs, c'est alors un manque flagrant d'esprit critique. Dans les deux cas, ils nous prennent pour des enfants et nous font gober des fables invraisemblables, à côté desquelles certains contes de fées paraissent plus crédibles, qui devraient éveiller notre méfiance et nous faire douter de la santé mentale de ceux qui nous les servent.

La Vraie Histoire est lisse, logique, sans surprise et ne suscite pas le doute, mais elle finit mal, très mal. C'est d'ailleurs la raison pour laquelle elle a dû être réécrite, selon un scénario soigneusement et intelligemment préparé.

Si l'on remonte à l'Exode, Moïse est logiquement rattrapé par les chars de Pharaon et ramené en Egypte, où les Hébreux resteront en esclavage. Le Santorin, qui s'appelle Théra, entre en éruption quand il veut et la Terre Promise reste un doux rêve. C'est un non évènement.

Le 2 août 216 av. J.-C. (datation dans notre Histoire), Hannibal écrase à Cannes, sans l'aide de ses éléphants, les légions romaines dans une bataille qui est encore étudiée dans les écoles militaires. Près de 53 000 légionnaires et 5 500 cavaliers meurent au combat, contre 6 000 hommes dans l'armée carthaginoise. La victoire est totale et la route de Rome est ouverte. Maharbal, le chef de la cavalerie numide, demande à Hannibal l'autorisation de poursuivre le consul Varron, qui s'est échappé avec 70 cavaliers survivants. Hannibal lui répond simplement : « Roma delenda est» (*Rome doit être détruite*). Il lui recommande aussi d'attaquer sans l'attendre le mur servien par l'agger du périmètre nord, que les Romains ne pourront défendre faute de réserves suffisantes. Il laisse en chemin ses blessés et ses prisonniers à Capoue, qui lui est déjà acquise, et marche sur Rome que Maharbal a déjà investie et qu'il incendie complètement. Ce n'est qu'une fois Rome réduite en cendres qu'il regagne Capoue. Carthage n'a plus de rivale en Méditerranée et Baal est le dieu des vainqueurs.

Baal et ses déclinaisons locales, Baal Bek et Baal Zebub (Belzébuth), l'emportent sur Zeus, Jupiter, Osiris et Yahvé. Le monothéisme restera confidentiel.

En 1428, les Anglais tiennent la moitié nord du royaume de France. En octobre, ils mettent le siège devant Orléans, ville fortifiée qui commande un des deux ponts sur la Loire (l'autre est à Nantes). Au printemps 1429, les Français manquent

d'approvisionnements : la situation est désespérée. En mai, la ville tombe aux mains des Anglais. Ils franchissent la Loire et attaquent Chinon, où le dauphin Charles est fait prisonnier. Ils font ensuite leur jonction avec l'Aquitaine, déjà sous contrôle anglais. Les archers anglais, qui ont fait tant de mal aux chevaliers français à Crécy et Azincourt, peuvent faire un dernier doigt d'honneur à leurs adversaires qui le leur tranchaient lorsqu'ils les faisaient prisonniers, pour qu'ils ne puissent plus décocher leurs flèches. La Guerre de Cent Ans entre les Plantagenets et les Capétiens est terminée, elle n'a duré que 92 ans. En novembre 1429, Henri VI est couronné roi d'Angleterre à Westminster. En décembre 1431, il est sacré roi de France à Reims. Il devient le premier souverain du Double-Royaume, ses armes sont le léopard et la fleur de lys. Dès 1337, son ancêtre Edouard III, fils d'Edouard II et d'Isabelle de

France, avait revendiqué le royaume de France en écartelant ses armes (des léopards : 3 pour l'Angleterre, 2 pour la Normandie et 1 pour l'Aquitaine) pour y intégrer celles de France (des fleurs de lys). Les Ecossais, un temps alliés des Français, et les Armagnacs sont soumis, la Champagne est annexée, les Bourguignons sont vassalisés. La Double Couronne va dominer le monde pendant plus de cinq cents ans.

Armoiries d'Henri V, roi de France et d'Angleterre.

Le nouveau roi, fils d'une sœur (Catherine de Valois) du dauphin Charles et descendant de Philippe le Bel (par Isabelle de France, la bien nommée), préfère s'installer à Paris plutôt que sur les bords de la Tamise pour bénéficier d'une plus grande capitale et d'un climat moins sévère. Le franco-normand, langue importée par les Normands en Angleterre, reste la langue officielle des deux royaumes, comme en témoigne la devise de l'Ordre de la Jarretière (*Honi soit qui mal y pense*). L'anglo-saxon, langue du peuple faite de mots bataves et danois, est réduit à un dialecte régional comme la langue d'Oc au sud et méprisé comme tel.

Christophe Morley écrit une pièce historique en vers non rimés à la gloire d'Henri VI. Cependant, dans la Nouvelle Histoire, Christopher Marlowe sera tué à l'arme blanche en 1593 et Shakespeare (spear en anglais veut dire transpercer), en anglais cette fois, réécrira Henry VI comme une tragédie avec les nouveaux évènements historiques, incluant le personnage de Jeanne d'Arc. Sur son blason, on peut voir un faucon déployant ses ailes (shaking) et tenant une lance (spear), et la devise en vieux français : Non sainz droict. Cela veut dire que lui ou son complice était en droit de « secouer » à mort un pieu dans l'oeil droit de Marlowe (il mourut ainsi), parce que Marlowe – espion de la reine Élisabeth Iʳᵉ

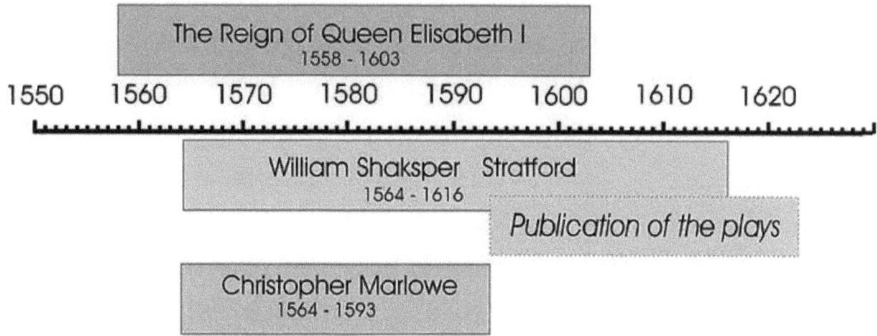

Publication des pièces de Skakespeare après la mort de Marlowe.

et véritable 007 de l'époque – n'aurait jamais permis de son vivant que ses propres pièces soient plagiées par Shakespeare.

Les guerres ou les simples rivalités avec les Hollandais et les Espagnols seront fréquentes et ces royaumes européens aux flottes puissantes se partageront le monde d'outre-mer. Les Franco-Anglais se tailleront la part du lion en colonisant presque toute l'Afrique, les Indes occidentales et toute l'Amérique du Nord. Les voitures et les trains rouleront à gauche, comme les chevaliers galopaient à gauche lors des tournois en tenant leur lance avec le bras droit, car la plupart étaient droitiers comme les hommes d'aujourd'hui. Le rugby se jouera de l'Angleterre à l'Aquitaine, où il persiste dans la Nouvelle Histoire. Le jeu de bâton (cricket) traversera l'Atlantique et conquerra l'Amérique du Nord, où il perdure dans la Nouvelle Histoire (base-ball). Le béret basque équipera l'armée franco-anglaise pendant la Deuxième Guerre Mondiale et sera porté par l'équipe franco-anglaise aux Jeux Olympiques de 1948.

Mais deux dangers mortels allaient menacer un jour le Double-Royaume, que rien ne semblait pouvoir faire vaciller. Le nationalisme allemand d'une part, jaloux de ses florissantes colonies, bientôt aggravé par la montée du nazisme, le communisme russe d'autre part qui, sous couvert d'internationalisme, allait entreprendre de conquérir le monde. Sorti affaibli de sa victoire dans la Première Guerre mondiale, remportée grâce à l'appui de sa colonie américaine, le Double-Royaume s'effondra sur le continent en mai 1940 et ne dut sa survie que grâce à l'embarquement d'une partie de son armée vers l'Angleterre et à la fuite de la flotte de Méditerranée vers Mers el-Kébir et Gibraltar. Résistant courageusement au Blitz, le coup de poignard dans le dos fut alors donné par la colonie américaine qui, profitant de l'affaiblissement de la puissance tutélaire, déclara son indépendance le 4 juillet

1940, puis sa neutralité dans le conflit en cours. La toute nouvelle République américaine ne put cependant échapper à la guerre contre le Japon, dont un groupe aéronaval l'attaqua par surprise à Pearl Harbour.

Le salut parut venir de la campagne de Russie qui vit les Allemands, d'abord triomphants, reculer ensuite devant l'Armée Rouge et le terrible hiver russe. Napoléon Bonaparte n'ayant jamais quitté la Corse faute de Révolution française, Hitler ne fut pas instruit par le précédent de la retraite de Russie et, l'aurait-il su, qu'il aurait persévéré dans sa folie. La guerre aurait pu s'arrêter le 20 juillet 1944, lorsqu'Hitler fut pulvérisé par la bombe posée par Stauffenberg au quartier général de Rastenburg en Prusse orientale. Mais la paix proposée par le nouveau chancelier est refusée par Staline qui profite du désarroi de la Wehrmacht pour foncer sur Berlin, tandis que les débarquements franco-anglais à partir de l'Afrique (maréchal Alphonse Juin, Vendéen comme De Lattre de Tassigny) et de l'Angleterre-même (maréchal Bernard Montgomery, Anglais d'origine normande) tentent de se rejoindre à Paris. Le débarquement sur les plages du Pas-de-Calais (les plus proches de l'Angleterre) en juin 1944 s'est heurté à une vive résistance, d'autant plus qu'Hitler y a logiquement envoyé des renforts de blindés (chars Tigre) et que Rommel reste à la manœuvre après l'attentat réussi contre le Führer (au lieu d'être « suicidé » par celui-ci). L'invasion progresse donc lentement et au prix de lourdes pertes. La débâcle allemande sur le front Est et leur résistance acharnée sur le front Ouest permettront aux Russes d'atteindre Paris, qui sera finalement libérée en même temps par les deux armées.

Les Soviétiques refusent alors cyniquement de se retirer de la partie de la France qu'ils occupent : Paris reste coupée en deux. Puis, devant les évasions de plus en plus nombreuses des Parisiens vers la zone Ouest, les Russes bâtissent un mur qui traverse entièrement la capitale : le mur de la honte. Les Américains comprennent alors leur erreur d'être restés neutres dans le conflit et soutiennent massivement le Double-Royaume amputé de la France de l'Est. Mais il est trop tard et les ferments de la Troisième Guerre mondiale sont semés. La nouvelle reine de France et d'Angleterre ne pourra être sacrée à Reims et la Cour se partage entre le Louvre, inoccupé pendant la guerre et maintenant trop exposé, et Buckingham. Les communistes russes installent des fusées sur le sol français, s'appuient sur le parti communiste français, créent la République Démocratique Française avec comme capitale Paris-Est, qui jouxte au bord du Rhin la République Démocratique Allemande dont Berlin, ou ce qu'il en reste, est la capitale. Ils s'attaquent ensuite aux colonies du Double-Royaume en créant des armées de libération nationale ou en fomentant des guérillas communistes jusqu'en Amérique centrale. Ils installent bientôt des fusées à Cuba et menacent directement la République d'Amérique du Nord. Seul l'équilibre de la terreur freinera un temps l'invasion du territoire nord-américain.

Les Américains n'ont fait exploser que tardivement leur première bombe atomique, en 1949, et ils sortent épuisés d'une longue guerre contre le Japon, très coûteuse en hommes et en matériel. Chaque île de l'archipel a dû être conquise au prix de débarquements sanglants et le bombardement de Tokyo, aussi violent et dévastateur que celui de Dresde en Allemagne, n'a pas ébranlé la résolution nippone. Ce n'est qu'en 1947 que l'empereur du Japon consent à capituler, après avoir perdu la quasi-totalité de son armée terrestre. C'est donc une Amérique aguerrie, mais exsangue qui doit faire face à la nouvelle menace qui pèse sur ses frontières. Le blocus de Cuba et le bluff nucléaire du président Kennedy ne seront pas crédibles et les Russes restent à Cuba (1962). Quatrième président d'Amérique du Nord (le premier étant Roosevelt en 1940), Kennedy est même assassiné en 1963 par Lee Harvey Oswald, un agent américain du KGB, émigré en Union Soviétique où il avait épousé une Russe (Marina) et dont il revient pendant la crise de Cuba, chargé de cette mission. La guerre froide passe alors de la coexistence pacifique à la coexistence hostile.

Les anciennes colonies européennes accèdent les unes après les autres à l'indépendance et laissent s'installer, dans l'euphorie ou la terreur, des régimes totalitaires inféodés à Moscou. La rivalité des deux systèmes se déplace même sur la Lune, où les Russes se posent peu après les Américains. Le mur de Paris ne tombera pas, malgré la guerre économique, culturelle et politique que livrent les Américains, les Franco-Anglais et quelques autres nations, seuls pays libres et véritablement démocratiques (le Double-Royaume est une monarchie constitutionnelle avec un parlement élu), au monde communiste dirigé d'une main de fer par Moscou.

« Spéculer ouvertement sur le voyage dans le temps expose à deux genres d'aléas : on risque d'être accusé de gaspiller scandaleusement l'argent public en s'adonnant à des recherches ridicules ; ou bien vos recherches peuvent être classées comme « secret défense ». Après tout, comment se protéger contre ceux qui seraient tentés d'utiliser une machine à remonter le temps à mauvais escient ? Ils pourraient essayer de modifier le cours de l'histoire pour devenir les maîtres du monde. »

(Stephen Hawking)

LA MACHINE :
FIN DE LA VRAIE HISTOIRE

La situation est à ce point tendue et les armées sur le pied de guerre, lorsque les services de renseignements russes apprennent au début du XXIe siècle que les Américains ont découvert un procédé de fusion nucléaire contrôlée, très supérieur aux tokamaks développés en URSS, leur permettant d'accéder à une source d'énergie illimitée. La *z-machine* a été construite en 2005 par un laboratoire militaire près de Los Alamos, au Nouveau-Mexique, là où fut fabriquée la première bombe atomique, dans le but initial de tester la résistance des têtes nucléaires aux rayons X qui, dans le scenario dit de la guerre des étoiles, seraient censés anéantir la capacité de destruction des fusées de l'adversaire. Pour produire un flash intense de rayons X, les savants capitalistes ont utilisé une cage de fils de tungstène plus fins que des cheveux, soumise à une impulsion électrique d'une intensité faramineuse : plus de 20 millions d'ampères ! La surprise, mais toutes les grandes découvertes sont accidentelles, fut d'obtenir un plasma à plus de

2 milliards de degrés. Les auteurs franco-anglais avaient inventé un mot pour ce genre de découverte, la sérendipité, à partir d'un conte persan racontant l'histoire des Trois princes de Serendip (Ceylan), où les trois princes ne cessent de trouver ce qu'ils ne cherchent pas.

A une telle température, on peut fusionner des atomes stables, non radioactifs (comme le bore et l'hydrogène), sans émission de neutrons (fusion aneutronique), et récupérer directement l'énergie du plasma grâce à un générateur électrique à induction. Le plasma obtenu réémettant 3 à 4 fois plus d'énergie qu'il n'en reçoit, l'électricité produite est bien supérieure à celle déchargée par les condensateurs et les éclateurs nécessaires à l'impulsion électrique de départ. Il ne suffisait plus qu'à reproduire régulièrement l'impulsion électrique hyper-intense (toutes les 10 secondes environ), pour entretenir le processus de fusion, et à remplacer les condensateurs immergés dans une piscine géante (pour l'isolation) par des bobines magnétiques moins encombrantes et à la capacité de charge 50 fois supérieure, comme celles mises au point en 2001 par le laboratoire militaire franco-anglais de Gramat, en Aquitaine. Des bobines stockent le courant à décharger sur la cible et le plasma induit un courant dans la bobine réceptrice : la boucle est bouclée.

La production d'une énergie électrique quasi-inépuisable et sans déchets radioactifs par la z-machine allait avoir, outre son impact écologique très positif, trois conséquences technologiques qui allaient rompre l'équilibre de la terreur et précipiter l'entrée dans la Troisème Guerre mondiale guerre mondiale, dès lors que les Russes allaient distinguer ce déséquilibre et ne purent le compenser par leurs techniques habituelles d'espionnage. La première conséquence fut la fabrication de la bombe Z, sorte de bombe H propre, qui ne contamine pas le champ de bataille et qui permet de vitrifier l'adversaire sans faire de la Terre une poubelle radio-active pour les siècles des siècles. La guerre nucléaire devenait possible, car moins suicidaire.

La deuxième conséquence fut de pouvoir enfin réaliser l'aérodyne MHD, fonctionnant grâce à un accélérateur magné-tohydrodynamique à écoulement externe de l'air ionisé, imaginé par l'ingénieur Jean-Pierre Petit sur la base de l'observation des soucoupes volantes. D'après lui, les deux rangées de « hublots » lumineux décrites par les témoins étaient en réalité des rangées d'anodes et de cathodes, destinées à ioniser l'air ambiant sous forme d'un plasma superfluide glissant sur les parois de la sou-coupe, qui se trouve alors littéralement aspirée par le haut sans résistance des gaz atmosphériques. L'obstacle à sa réalisation fut la source d'énergie nécessairement très puissante à embarquer, la *z-machine* apportait la solution. Même si le premier aérodyne MHD-gaz était grand comme un terrain de football et ressemblait caricaturalement aux OVNI dont il s'inspirait, ses qualités aérody-namiques étaient tellement stupéfiantes qu'il ne put d'abord être utilisé que comme un drône de combat sans pilote. La supériorité de l'armée de l'air américaine allait devenir écrasante, sans compter l'application sous-marine qui pouvait en être faite. Cette deuxième conséquence allait précipiter le déclenchement de la guerre. Le Politburo sentant que les espions et les ingénieurs allemands et russes peinaient cette fois à rattraper leur retard technologique, malgré les énormes moyens mis à leur disposition au détriment du niveau de vie de la population, décidèrent de déclencher la Troisième Guerre mondiale avant qu'il ne soit trop tard.

C'est la troisième conséquence qui allait finalement sau-ver le monde libre et le monde tout court, au prix d'un plan stratégique d'une ampleur jamais égalée dont l'ambition était ni plus, ni moins que de refaire l'Histoire pour effacer le drame qui ne pouvait plus être évité. La *z-machine* apportait la fabuleuse énergie nécessaire à remonter le temps. La machine à explorer le temps avait été imaginée pour la première fois par l'écrivain franco-anglais H. G. Wells dans un roman de science-fiction paru en 1895. La relativité restreinte découverte par Einstein en 1905 permit d'énoncer le paradoxe des jumeaux de Langevin, où l'un des jumeaux quittait la Terre à bord d'une fusée volant à une vitesse proche de celle de la lumière (90 %). Quand il revenait sur Terre (2 ans après), il retrouvait un frère nettement plus âgé que lui (de 31 mois), car le temps s'était ralenti (dilaté) avec la vitesse dans la fusée. La vitesse extrême devenait donc un moyen de voyager dans l'avenir. En 2009, un psychiatre franco-anglais, Jean-Bruno Méric, postulait que l'évolution utilisait depuis longtemps, pour la préservation de l'espèce, la relativité restreinte à travers les lignes de force ouvertes de ce qu'il appelait la magnétosphère cérébrale, tandis que ses lignes de force fermées retenaient le panorama de la mémoire épisodique (notre histoire personnelle) dans une sorte de filet électromagnétique.

La magnétosphère cérébrale était elle-même produite par un électroaimant naturel composé à l'intérieur des hémisphères cérébraux par les circuits de Papez (deux grands circuits fermés conduisant l'influx nerveux à l'intérieur de chaque hémisphère), se comportant comme une bobine de Helmholtz, et par un noyau de fer circulant (l'hémoglobine du sang artériel), bricolé par l'évolution et expliquant le trajet aberrant des artères carotides. Un brin d'anatomie critique montrait en effet qu'une aorte supérieure protégée par le rachis cervical aurait été plus efficace que deux carotides exposées aux crocs des prédateurs, creusant une improbable galerie dans l'os du rocher, ressortant au niveau du polygone de Willis et repartant vers l'extérieur sur le plancher du crâne sous le nom d'artères sylviennes… Sauf, si un avantage adaptatif décisif se montrait supérieur à tous ces inconvénients. L'avantage, selon lui, était que ce trajet avait le mérite incomparable de traverser la partie basse du circuit de Papez dans un sens puis dans l'autre et d'apporter, sous une forme originale, le noyau de fer indispensable au fonctionnement de tout bon électroaimant.

L'émission électromagnétique des lignes de force ouvertes de la magnétosphère cérébrale se déplaçant à la vitesse de la lumière, elle jouerait pour l'Homme le rôle du jumeau de Langevin, en l'occurrence un rôle d'explorateur de l'avenir proche, et l'alerterait inconsciemment (émotion indéfinissable, rêve prémonitoire) sur les dangers qui le menacent afin de lui permettre des conduites d'évitement salvatrices. Cette théorie tentait d'expliquer l'expérience réalisée à l'université d'Utrecht en 1997, qui montrait sur la courbe de conductivité de la peau un pic de pressentiment survenant seulement avant l'émotion consciente née de la perception d'une image effrayante et non d'une image neutre (pourtant distribuées aléatoirement), ce qui signifiait bien que le cerveau du sujet d'expérience avait perçu l'image avant qu'elle ne soit projetée. De même, le rêve prémonitoire de Calpurnia, la femme de Jules César, qui rêva la nuit précédant les Ides de Mars que son mari était percé de coups entre ses bras (d'après l'historien latin Suétone), montre bien qu'une partie d'elle-même avait vu la scène telle qu'elle se déroula le lendemain (vraie Histoire). Mais si Jules César avait cédé aux supplications de Calpurnia, ne serait-ce qu'en enfilant une cuirasse sous sa toge, il ne serait pas mort percé de vingt-trois coups de poignard au Sénat et la nouvelle Histoire aurait écrasé la première, dont nous savons pourtant pertinemment qu'elle a existé.

L'Histoire réelle, se dirent les savants américains, peut donc être effacée pour peu qu'on modifie le comportement de ses personnages en intervenant en amont, c'est-à-dire en remontant le temps ! Ils firent aussi le pari qu'une intervention ponctuelle à un moment précis de l'Histoire ne modifierait que cet évènement et ses conséquences strictes sans bouleverser le reste du monde. Ils parièrent donc sur une certaine inertie du temps et du destin global et individuel, excepté toutefois pour l'explorateur lui-même, qui violait une règle fondamentale et ne pouvait vivre trois fois : une fois dans la vraie Histoire et deux fois dans la nouvelle Histoire qu'il avait déjà vécue en la modifiant. C'est pourquoi Gabriel Michael ne survécut pas à sa naissance, il n'avait déjà que trop vécu et ne pouvait repartir un jour en mission au risque de se rencontrer lui-même. Les savants parièrent clairement contre la théorie du chaos, qui aurait voulu qu'un simple battement d'aile de papillon introduit dans le passé déclenchât une tempête à l'autre bout de l'Histoire. L'Histoire n'était pas la météo et l'explorateur du temps pouvait laisser tomber une petite cuiller dans le passé sans déclencher un désastre. La vision névrotique du temps cédait le pas à une vision pragmatique. Le chaos apparent était donc structuré, dirigé, comme si un destin global conduisait l'humanité vers le progrès, à la manière du tronc d'un arbre se hissant vers le ciel et la lumière, avec tout autour une arborisation livrée au hasard et à la diversité (le feuillage de l'arbre) et masquant le tronc. De même qu'il fallait dépenser une énergie fantastique pour remonter le temps, il fallait intervenir lourdement et le plus en amont possible sur les évènements historiques pour en modifier le cours, et encore intervenait-on seulement sur l'arborisation et non sur le tronc qui restait stable et droit.

Les savants américains décidèrent d'abord de copier la nature, s'inspirant du biomimétisme, une discipline scientifique théorisée en 1997 par la biologiste juive égyptienne Benyus. Ils comprirent que le principe éprouvé par la nature à travers des millions d'années d'évolution était de détacher une partie de soi, les lignes de force ouvertes de la magnétosphère cérébrale, et que seule cette partie allait se déplacer à la vitesse de la lumière pour explorer le futur en mettant à profit la dilatation du temps. C'est sur le jumeau mobile des jumeaux de Langevin qu'il fallait agir. Pour ce qui est d'explorer le passé, pensèrent-ils avec un pragmatisme tout américain, il suffisait de franchir le mur réputé infranchissable de la vitesse de la lumière. Ils faisaient remarquer que le mur du son avait bien été franchi, au prix d'un terrible « bang » et de beaucoup de kérosène (donc d'énergie) en 1947 et que beaucoup d'ingénieurs le croyaient alors infranchissable. Pour franchir le mur de la lumière et atteindre les vitesses supraluminiques, il fallait une énergie fabuleuse et inépuisable. Cette énergie, c'est la *z-machine* qui allait l'apporter. Le plasma qu'elle crée réémet 3 à 4 fois plus d'énergie qu'on ne lui en communique. Une simple progression géométrique de raison 3 nous montre qu'une *z-machine* alimentant 3 *z-machines*, qui elles-mêmes alimentent en énergie 3 *z-machines* chacune, qui elles-mêmes… aboutit tôt ou tard à une production infinie d'énergie. C'est le principe même qu'appliqua le brahmane Sissa, inventeur du jeu d'échec, qui aurait ruiné son roi en lui demandant pour récompense un grain de blé sur la première case de son échiquier, puis deux sur la deuxième, quatre sur la troisième, huit sur la quatrième et ainsi de suite en doublant à chaque fois jusqu'à la soixante-quatrième case. Le roi s'empressa d'accorder cette récompense qu'il jugeait très modeste, mais se rendit bientôt compte que la récolte du royaume n'y suffirait pas.

Le temps pressant et la théorie devant se plier aux règles de la nature et non l'inverse, ils construisirent une gigantesque salle des machines faisant office de générateur infini d'énergie. Tout autour, ils copièrent à nouveau la nature en bâtissant trois accélérateurs de particules orientés dans les trois dimensions de l'espace. Ils s'inspiraient ainsi des canaux semi-circulaires de l'oreille interne, orientés chacun à angle droit dans un plan de l'espace, qui nous renseignent à chaque instant sur notre position. La salle et les accélérateurs étant destinés à rester fixes dans l'espace, ils furent enterrés dans les Montagnes Rocheuses car ils ne devaient pas être endommagés par le conflit nucléaire à venir. Au surplus, ils pouvaient y réapparaître sans témoin ou presque à n'importe quelle époque du passé, puisque l'Amérique du Nord ne fut densément peuplée qu'à partir de l'immigration massive des colons européens. Un vaisseau en forme de soucoupe équipé d'une *z-machine* et d'un propulseur MHD pouvait s'en détacher pour les déplacements dans l'espace à une époque donnée. Un camouflage sous forme d'un épais brouillard, la fameuse nuée de la Bible, était prévu pour le mettre à l'abri des regards indiscrets. Les expériences commencèrent à énergie croissante et, un jour, ils franchirent un seuil qui déclencha un immense flash et ils observèrent pour la première fois le tachyon, cette particule jusque là spéculative qui arrive avant qu'elle ne soit partie. Il est vrai qu'un neutrino supraluminique (arrivé de Genève avec 20 m d'avance sur la lumière) avait déjà été observé en 2011 au Gran Sasso, en Italie, ouvrant la voie à une physique des particules de très haute énergie qui pouvait s'affranchir de limites réputées inviolables.

Le mur de la lumière était franchi ! Restait à répéter l'expérience, mesurer le seuil de déclenchement, étalonner les énergies nécessaires pour s'éloigner du présent, introduire un homme dans la machine, qu'ils nommèrent *chrononaute*, et faire des essais temporels dans les deux sens pour vérifier la fiabilité du système et apprécier les effets sur l'organisme humain. Tout cela dans une ambiance de fin du IIIe Reich et sous la pression du Pentagone, qui réclamait des résultats rapides pour lancer sans délai cette mission de sauvetage désespérée.

Parallèlement, les historiens et les politiques planchaient sur le scénario inévitablement complexe qui permettrait à l'Amérique de s'en sortir dans la nouvelle Histoire et de ne pas succomber sous le nombre et la puissance de ses adversaires communistes. Ils tombèrent rapidement d'accord sur un fait majeur : l'explosion de la première bombe atomique américaine fut trop tardive. L'avancer de deux ans aurait permis d'éviter des centaines de milliers de morts à l'armée américaine dans les nombreux assauts amphibies sur les côtes du Japon, dont l'archipel dut être conquis île par île (opération Downfall), chacune étant aussi âprement défendue que celle d'Okinawa de mars à juin 1945 (18 000 morts, 900 attaques de kamikazes). La crise cruciale de Cuba en 1962 aurait alors pris une tout autre tournure. Sa résolution aurait ouvert un nouveau chapitre de la Guerre froide : la Détente. Celle-ci aurait mené tôt ou tard à la défaite du communisme, régime politique plus adapté à une économie de guerre qu'à une économie de paix. Elle sera entachée cependant par l'assassinat du président Kennedy, qui n'a plus de sens dans la Nouvelle Histoire et y fera donc couler beaucoup d'encre. Cet assassinat est programmé bien avant la résolution de la crise et se produira par inertie, la nouvelle Histoire ne pouvant écraser ou remplacer toute l'Histoire qui la précède. Il sera donc considéré comme un épiphénomène ou un dégât collatéral par les analystes du Pentagone, désireux aussi de ne pas bouleverser l'ordre de succession des présidents américains ultérieurs. Il constitue pour nous un précieux indice de la Vraie Histoire qui nous a précédés.

Dans la Nouvelle Histoire, l'assassinat du président Kennedy (qui devient ici le 35e président des USA) entre en synchronicité avec ceux du président Lincoln (16e président des USA) en 1865 et de l'archiduc François-Joseph en 1914, puisque les trois se passent à 49 ans d'intervalle, près de leur épouse et d'une balle dans la tête tirée par derrière. Lincoln est assassiné dans la loge Kennedy du théâtre Ford et son successeur est Andrew Johnson. François-Joseph est assassiné dans une voiture Lincoln conduite par le chauffeur Kennedy et la photo de l'arrestation de son assassin fut prise par l'américain Lee Johnson. Kennedy est assassiné dans une Lincoln fabriquée par Ford et son successeur est Lyndon Johnson. Dernière coïncidence et sans doute la plus révélatrice : Lincoln est assassiné à la fin de la Guerre de Sécession, François-Joseph au début de la Première Guerre mondiale et Kennedy au début de la coexistence hostile de la Guerre froide, qui devait mener à la Troisième Guerre mondiale dans la Vraie Histoire. On peut y voir aussi la malédiction du général Lee, chef de l'armée sudiste, puisque c'est le prénom du photographe de l'assassin de François-Joseph et de l'assassin de Kennedy. Enfin, les 49 ans d'intervalle correspondent au jubilé du Lévitique (**25** 8-10) : « Tu compteras (…) sept fois sept ans, (…) quarante-neuf ans. Le (…) jour des Expiations vous (…) proclamerez l'affranchissement de tous les habitants du pays. Ce sera pour vous un jubilé : chacun de vous rentrera dans son patrimoine ». Ils ont tous trois expiés de leur vie les guerres qu'ils n'ont pas su éviter, Lincoln proclama l'abolition de l'esclavage (l'affranchissement) et la France récupéra l'Alsace et la Lorraine (son patrimoine).

Pour faire exploser la première bombe atomique américaine en 1945, les analystes tombèrent d'accord sur une décision fondamentale : il fallait déplacer les Juifs d'Egypte. Einstein, obscur gratte-papier au musée archéologique du Caire, y avait théorisé la relativité restreinte, puis générale de 1905 à 1915, ouvrant la voie à la fabrication de la bombe atomique. Il fallait le faire venir en Amérique dès 1940 et réunir au plus tard en 1942 toute une génération de physiciens juifs dans ce qui serait appelé le projet Manhattan. Pour cela, il fallait déplacer tout un peuple et former son élite, sans doute ailleurs qu'en Amérique, au cours de ses pérégrinations. Ce sera la première mission du chrononaute envoyé par l'Amérique des années 2040 dans un passé vieux de 3500 ans : réussir l'Exode !

Les Juifs ont cette particularité d'obéir assez massivement à l'interdit de se reproduire avec des non-Juifs et de ne considérer comme Juif que l'enfant né d'une mère juive. Ils transmettent ainsi sans le savoir une hérédité mitochondriale, car le spermatozoïde laisse ses mitochondries hors de l'ovule lors de la fécondation. Seules les mitochondries de la mère sont donc transmises à l'embryon. Or, les mitochondries de la lignée juive sont les plus proches de l'Eve mitochondriale, qui vivait il y a près de 200 000 ans en Ethiopie, le pays de Kush de la Bible, à la sortie du jardin d'Eden. Ce sont des mitochondries préhistoriques ! Elles semblent très performantes et comme elles sont la centrale énergétique de la cellule et particulièrement nombreuses dans les tissus à haute activité comme le système nerveux, on peut penser qu'elles apportent un plus à l'activité cérébrale des Juifs. Sans oublier que les garçons sont susceptibles d'hériter de l'intelligence de la mère, parce que les gènes de l'intelligence sont situés sur le chromosome X (inné), et qu'une relation sécurisante est intimement liée à l'intelligence (acquis) – le lien entre une mère juive et son garçon est bien connu pour être particulièrement fort.

Voyons ça comme une sorte de discrimination positive, qui n'enlève rien aux autres ethnies et aux autres tribus sémitiques en particulier. La mitochondrie juive est un organite non génétiquement modifié, archaïque et particulièrement robuste qui, par le jeu d'une règle religieuse, a été préservé des variations. En plus de cette qualité innée, Gabriel savait que le jeu des persécutions qu'il allait organiser autour du peuple juif allait développer chez ses membres un sens aigu de l'interprétation, qui beaucoup plus tard allait conduire quasi-simultanément aux découvertes de la psychanalyse (Freud) et de la relativité (Einstein).

La force des mitochondries dans le métabolisme énergétique de la cellule et du neurone en particulier s'exprime déjà dans la différence entre l'homme de Cro-Magnon et l'homme de Neandertal. Lorsque le premier, à sa sortie d'Afrique, rencontre le second au Proche-Orient il y a environ 80 000 ans, le Neandertal, plus robuste et plus musclé, va violer quelques femmes de Cro-Magnon et contaminer le génome nucléaire du Cro-Magnon euro-asiatique jusqu'à hauteur de 4%. Encore peut-on se demander si dans une mêlée internationale de rugby le pourcentage n'est pas plus élevé ! Mais les mitochondries de l'homme de Neandertal vont rester hors de l'ovule de la femme de Cro-Magnon et, malgré un cerveau plus petit (1350 cm^3 en moyenne contre un maximum de 1740 cm^3 chez le néandertalien), Cro-Magnon va supplanter celui-ci par son intelligence et l'éliminer définitivement il y a 28 000 ans. C'est le seul vrai sapiens et il le doit sans doute à la force de ses mitochondries inviolables. En fait, dans l'évolution, l'essentiel n'est pas à proprement parler caché, mais discret.

Le problème, pour Gabriel, restait de faire sortir d'Egypte les précieuses mitochondries du peuple juif. Chacun savait que Moïse et ses 600 000 Hébreux avaient été rattrapés devant la mer des Roseaux par la cavalerie et les chars de Pharaon, qui avait brusquement changé d'avis après avoir cédé aux sollicitations insistantes de Moïse, suite aux dix plaies qui s'étaient abattues sur l'Egypte et qu'il attribuait à son dieu unique : Yahvé. La neuvième notamment avait vu le ciel d'Egypte obscurci par l'éruption qui se produisit sur l'île de Théra dans la mer Egée. Quatre fois plus puissante que celle du Krakatoa dans l'archipel de la Sonde en 1883, la colonne éruptive s'élevait jusqu'à 65 kilomètres d'altitude et était donc visible d'Egypte. Lorsque le volcan explosa, l'île de Théra qui culminait à plus de mille mètres s'effondra dans les eaux de la mer Egée et laissa la place à une caldeira de 390 mètres de profondeur. La mer s'y engouffra aussitôt, entraînant un reflux de la mer sur les côtes de la Méditerranée et notamment dans la mer des Roseaux (*reed sea*), ce lac salé situé entre le golfe de Suez au nord de la mer Rouge (*red Sea*) et la mer Méditerranée. Puis un tsunami de soixante mètres de haut revint de la mer Egée à près de 650 km/h pour ravager les côtes qui avaient été désertées par la mer.

La difficulté est donc de faire passer Moïse dans la mer asséchée juste avant que la cavalerie de Pharaon ne le rattrape pour ramener son peuple en esclavage. Il aura alors moins de deux heures pour faire traverser son peuple : « Yahvé refoula la mer (**14** 21) », nous dit l'Exode. L'idéal est que les chars s'engagent à sa suite et se fassent emporter par le tsunami : « Les eaux recouvrirent les chars et les cavaliers de Pharaon, qui avaient pénétré derrière eux dans la mer (**14** 28). » Ce sera la première mission de Gabriel : déclencher l'explosion de l'île de Théra juste au moment où la cavalerie égyptienne rejoint les Hébreux, ni trop tôt, ni trop tard, car la réussite de cette opération essentielle, mère de toutes les uchronies, repose sur un *timing* très précis. Les militaires du Pentagone lui en donneront les moyens.

« Les religions sont toutes pareillement fondées
sur des fables et des mythologies. »
(Thomas Jefferson)

GABRIEL :
LA MISSION

Gabriel fut choisi, non parce qu'il était le fils d'un ancien Sénateur Républicain, mais parce qu'il était le meilleur candidat à cette mission complexe et désespérée. Né en 1996, ancien pilote de chasse (avant l'apparition des drones de combat), féru de Physique et d'Histoire, agent de la CIA, il réunissait en lui la forme physique et la sagesse de l'âge mûr, une culture étendue et la discrétion nécessaire à ce genre d'opération ultrasophistiquée et ultrasecrète. Célibataire et élevé dans une famille qui avait le sens du devoir, il était tout désigné pour accomplir cette mission dont il était prévisible qu'il ne reviendrait pas. Au début des années 2040, il sut qu'il allait être envoyé dans le passé et qu'il serait le premier *chrononaute* de l'Histoire. Il fut entraîné au pilotage de la machine temporelle dont il serait, car le temps pressait, à la fois le pilote d'essai et le pilote en mission. Il devait aussi se familiariser avec le pilotage spatial de la soucoupe volante dont il serait équipé pour ses déplacements sur la planète, son système de camouflage (la nuée de la Bible) et son système d'armement (la bombe Z). Il devait surtout être longuement briefé par les experts du Pentagone sur sa mission elle-même, ses objectifs, les étapes à franchir et les moyens pour y parvenir, l'esprit général étant celui d'une manipulation gigantesque à l'échelle de la planète des différentes époques de l'Histoire, une guerre cynique du Bien contre le Mal, au besoin en faisant le Mal. Gabriel allait mener sa guerre contre les Soviétiques, en les prenant à revers là où ils ne l'attendaient absolument pas, et les vaincre. Il en allait de la survie de l'Amérique ! Il espérait que les historiens officiels n'y verraient que du feu, ne devineraient pas la supercherie, malgré les grosses ficelles qu'il allait utiliser, les couleuvres qu'il allait leur faire avaler et les contes à dormir debout qu'il allait fabriquer de toutes pièces.

C'est au milieu des premiers échanges de fusées à têtes nucléaires que Gabriel s'installa aux commandes de son énorme machine. Le Président s'adressa une dernière fois à lui, en franco-normand, lui confia le destin de l'Amérique et lui souhaita bonne chance. Ils savaient qu'ils ne se reverraient pas et que le Président, dans la Nouvelle Histoire, oublierait la première, la Vraie. Après une interminable check-list, Gabriel augmenta progressivement la puissance nominale de son échiquier de z-machines, injecta l'énergie dans ses trois accélérateurs perpendiculaires, lui-même étant placé à leur intersection, et commença à accélérer… sur place ! En approchant de la vitesse de la lumière, il profita de la dilatation du temps pour voir le futur et pu se convaincre que l'Amérique n'avait pas d'avenir. Tout n'était que ruine et désolation, et la mesure du taux de radioactivité montrait un environnement incompatible avec la vie humaine pour des milliers d'années. Gabriel préféra ne pas s'attarder et continua à accélérer. Par précaution, le règlement prévoyait qu'il gagne la soucoupe à propulsion MHD avant de franchir le « mur de la lumière », comme s'il montait dans un canot de sauvetage en prévision d'une éventuelle détérioration du système. Ca ne l'empêchait pas de subir le flash lumineux violent au moment où la vitesse du système dépassait celle de la lumière, mais l'état-major avait l'impression ce faisant de préserver la suite du voyage et donc de la mission. Après le flash, le vrai voyage commença et dura longtemps (tout est relatif) pour Gabriel car il fallait faire un saut de plus de 36 siècles dans le passé, ou plutôt il fallait remonter le temps à contre-courant, ce qui exigeait une énorme dépense d'énergie.

Une fois arrivé dans l'Amérique du temps des Pharaons, Gabriel ne fut pas surpris de ne pas voir âme qui vive autour de la machine. Après une vérification complète du système, qui ne paraissait pas avoir été endommagé, commença pour lui une série d'ajustements exploratoires, car il ne savait pas à quelques dizaines d'années près quand l'île de Théra était entrée en éruption et quand Moïse avait tenté de quitter l'Egypte. La mission commençait par une phase de renseignement aérien : survoler la mer Egée à la recherche d'une éruption plinienne, reconnaissable à sa très haute colonne de cendres et à son panache volcanique, et survoler l'Egypte pour y surveiller des mouvements de population, notamment vers l'Est. Après le passage de Gabriel, on s'étonnera moins que dans la Nouvelle Histoire les témoignages de soucoupes volantes remontent jusqu'à l'Antiquité. On peut même dire, contrairement à l'interprétation habituelle, que la totalité des OVNI que nous observons viennent du futur, sont pilotés par des hommes et non par des extraterrestres, et que les soucoupes en sont le modèle le plus rudimentaire (des OVNI de collection en quelque sorte). Dans la Bible elle-même (Ge **6** 2-4), les fils de Dieu (« *benei Elohim* ») se reproduisent avec « les filles des hommes », ce qui prouve bien que ce sont des hommes venus du futur (il n'y a pas de barrière d'espèce) et non des extraterrestres, contrairement à une interprétation ésotérique répandue. Certains d'entre eux sont décrits par les témoins des atterrissages comme des humanoïdes avec de grosses têtes et de petits corps, c'est parce qu'ils viennent d'un futur plus tardif et qu'ils sont des des transhumains ou des humains génétiquement améliorés. Ça commença à devenir possible dès que les chercheurs créèrent dans les années 1990 des souris de laboratoire génétiquement modifiées avec une dose supplémentaire de gènes maternels, parce qu'ils avaient découvert qu'ils contribuaient le plus au développement des centres de la pensée dans le cerveau.

C'était la partie la plus agréable de la mission : se déplacer sans bruit à plusieurs milliers de km/h dans un ciel vide d'aéronefs, sans aucune communication radio, quelle que soit la fréquence utilisée. Un silence reposant, mais à la longue un peu angoissant, car synonyme de grande solitude. Le ciel était vide, mais la Terre le semblait aussi, tant son peuplement était peu dense et ses agglomérations peu nombreuses par rapport à l'époque qu'il avait quittée. Et la nuit, pas la moindre pollution lumineuse, le phare d'Alexandrie ne serait construit que onze siècles plus tard. Gabriel se déplaça d'année en année vers le futur, ce qui était moins coûteux en énergie que de remonter le temps vers le passé. A l'approche des – 1600 ans, il distingua d'abord le panache s'élevant au-dessus du volcan de l'île de Théra et qui, poussé par les vents, plongeait l'Egypte dans les ténèbres en masquant Rê, le dieu-soleil. Lorsque le ciel finit par s'éclaircir, il aperçut une troupe nombreuse qui s'étirait lentement vers l'Est. Il la vit prendre la « route des Philistins », c'est-à-dire la région côtière de la Méditerranée où vécut ce peuple, puis « rebrousser chemin » après s'être heurtée sans doute à la ligne de fortins égyptiens qui gardait la partie nord de l'isthme de Suez. Ce comportement ressemblait plus à celui d'un groupe en fuite qu'à celui d'un groupe d'expulsés. Il les survolait chaque jour de très haut, pour ne pas être repéré, mais de toute façon leurs regards étaient tournés (Ex **13** 21) le jour vers la « colonne de nuée » et la nuit vers la « colonne de feu » du volcan.

Il vit ensuite la troupe camper devant la mer des Roseaux (*yam sûph*, en hébreu) qui correspond à l'actuel Abu Sefêh, le lac salé le plus proche de la côte méditerranéenne. Camper devant une mer pour des hommes dépourvus de barques et de radeaux ne paraissait pas a priori le meilleur choix. C'est ce choix pourtant

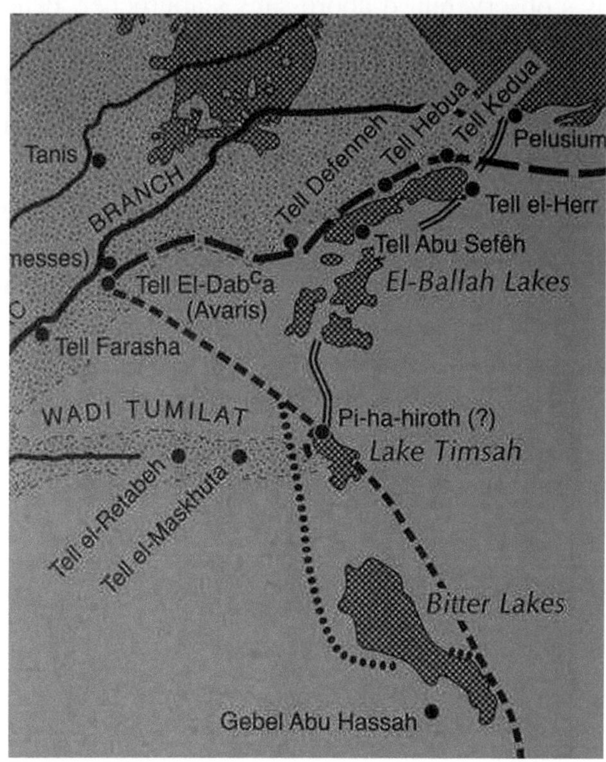

Le chemin de l'Exode.

qui offrit à Gabriel l'opportunité d'intervenir. Dans la Vraie Histoire, Pharaon rattrapait avec ses chars les Hébreux devant la mer des Roseaux et les ramenait derechef en esclavage. Quant au volcan, après avoir craché des cendres pendant des mois, il finissait par exploser trop tôt ou trop tard. Le « miracle de la mer » allait consister à faire coïncider l'explosion du volcan d'une lointaine île de la mer Egée avec l'arrivée de la cavalerie de Pharaon. Allait suivre un scénario hollywoodien mis en scène par Gabriel et conçu par le Pentagone, où le *timing* jouait un rôle essentiel. D'où l'importance de la mission d'observation de Gabriel, qui vit arriver sur ses écrans le nuage de poussière soulevé par les roues des six cents chars de combat et par les sabots des chevaux. Il put ainsi calculer l'heure de la jonction, qui se fit juste avant la nuit. Les deux camps s'observèrent d'abord sans s'approcher. Pendant ce temps, Gabriel se précipitait avec sa soucoupe vers l'île de Théra, au plus près du volcan, pour mettre en œuvre les « effets spéciaux » dont il était équipé. L'explosion de la bombe Z simula et précipita l'explosion du volcan, et l'île de plus de mille mètres de haut s'effondra sur elle-même jusqu'à près de quatre cent mètres en dessous du niveau de la mer, qu'elle aspira brutalement au milieu de son nouveau cratère qui n'était plus qu'en partie émergé. En s'engouffrant dans la dépression de la caldeira, l'eau de mer entra en contact avec le magma porté à plus de mille degrés. Le choc thermique et le reflux engendrèrent un gigantesque tsunami qui ravagea la côte nord de la Crète, contribuant au déclin de la civilisation minoenne, et déferla vers le delta du Nil par le détroit de Kasos.

Moïse constata que la mer se retirait : « Yahvé refoula la mer toute la nuit (…) ; il la mit à sec » (Ex **14** 21). Il fit pénétrer les Israélites « à pied sec au milieu de la mer » (**14** 22). « Les Egyptiens les poursuivirent » (**14** 23), mais « les roues de leurs chars (…) n'avançaient (…) qu'à grand-peine » (**14** 25) sur le sable encore humide. La traversée des Israélites et de leurs poursuivants se passa entre deux et six heures du matin, temps nécessaire pour que la mer reflue vers l'île de Théra et en revienne. « Au point du jour, la mer rentra dans son lit » et « Yahvé culbuta les Egyptiens au milieu de la mer » (**14** 27) des Roseaux. La conclusion de la Bible est sans appel : « Les eaux (…) recouvrirent les chars et les cavaliers de toute l'armée de Pharaon, qui avaient pénétré derrière eux dans la mer. Il n'en resta pas un seul » (**14** 28). La sortie d'Egypte était une réussite, au prix d'un véritable massacre. Gabriel en provoquera bien d'autres, y compris dans le camp des Israélites, en suivant méthodiquement son plan. Le

La cavalerie de Pharaon engloutie par les eaux.

secret de l'intervention de Gabriel Santorum ne fut pas totalement gardé, puisque beaucoup plus tard l'île de Théra ou ce qu'il en restait fut appelée de son nom (Santorin). La traversée du désert se fit ensuite à grand peine, mais Gabriel avait prévu une intendance moderne sous forme d'une distribution matinale de Plumpy Nut, mélange nutritif de pâte d'arachide, de poudre de lait et de sucre. Cette « manne » tombée du ciel avait un aspect « granuleux » (**16** 14) et un caractère fondant comme le beurre de cacahuètes : « quand le soleil devenait chaud, cela fondait » (**16** 21). La poudre de lait lui donnait sa couleur et le sucre son goût : « c'était blanc et cela avait un goût de galette au miel » (**16** 31). Les Israélites sont tellement étonnés qu'ils lui donnent le nom de manne, *man hou* en hébreu, qui veut dire « qu'est-ce ? ». Il les nourrit ainsi jusqu'à l'entrée au pays de Canaan. Ils sont tellement marqués par le souvenir de la manne, qu'ils s'attendent à découvrir un pays « où coule le lait et le miel ».

La deuxième étape du plan de Gabriel était de communiquer avec Moïse pour lui transmettre ses ordres et le conduire en Terre Promise. Pour cela, il lui fallait le rencontrer malgré les risques que l'émission de rayons X de la z-machine faisait courir à Moïse lorsqu'il s'en approchait. Il l'avait déjà rencontré une première fois : « L'ange de Yahvé (Gabriel) lui apparut » (**3** 2) sur la montagne du Sinaï, où il faisait paître le bétail de son beau-père. C'est l'épisode du « buisson ardent », qui était luminescent sous l'effet des rayons X mais pas incandescent : « le buisson était embrasé mais le buisson ne se consumait pas » (Ex **3** 2). Gabriel, dont la voix semble sortir du buisson, lui demande de ne pas approcher (pour sa propre sauvegarde), lui promet « une terre qui ruisselle de lait et de miel » (**3** 8) et lui assigne sa mission : « je t'envoie auprès de Pharaon, fais sortir d'Egypte mon peuple, les Israélites » (**3** 10). Il prend même déjà rendez-vous : « Quand tu feras sortir le peuple d'Egypte, vous servirez Dieu sur cette montagne » (**3** 12). Mais Moïse lui pose d'emblée une question embarrassante : comment doit-il l'appeler auprès des Israélites ? Gabriel lui répond par un jeu de mots, ou plutôt un jeu de lettres, dont le kabbaliste nous donnera plus tard l'explication. C'est un tétragramme : YHVH. Il ne doit pas être prononcé mais seulement épelé : Yod, Hé, Vav, Hé (ce qui a donné Yahvé). Il se traduit littéralement par : « Je suis ce que je suis ». C'est le nom idéal pour un agent secret, qui ne veut pas dire ce qu'il est. Il signifie que Gabriel ne veut pas révéler le nom de sa « hiérarchie » et ne veut pas encore se présenter comme « l'archange » Gabriel. Le nom du nouveau Dieu vient d'un nom qui signifie « être » et pourrait aussi être traduit par « est-étant-sera-été-était », qui nous suggère l'usage de la machine à voyager dans le temps. Pour accréditer ce nom improbable, il remet à Moïse trois tours de magie, dont le fameux bâton qui se transforme en serpent, qui impressionna les Israélites mais faillit lui coûter cher face aux prêtres égyptiens, qui connaissaient déjà le truc. Et si le tétragramme est écrit à la verticale en alphabet hébreu, il laisse apparaître un homme stylisé. Gabriel est un homme du futur, mais Moïse le prend pour Dieu. La grande manipulation a commencé, elle ne s'arrêtera plus.

Quand il le retrouve au Sinaï, après la sortie d'Egypte, Gabriel prend les mêmes précautions. Il interdit au peuple de monter sur la montagne, il ordonne aux anciens d'Israël de se prosterner à distance. Ils virent cependant le véhicule de leur Dieu, qui flotte dans le ciel en vol stationnaire, ce qui devient : « Sous ses pieds il y avait comme un pavement de saphir, aussi pur que le ciel même » (Ex **24** 10). La luminescence de la z-machine traverse la « nuée » dont Gabriel a couvert la montagne (le brouillard de camouflage autour de la machine) : « L'aspect de la gloire de Yahvé était aux yeux des Israélites celui d'une flamme dévorante au sommet de la montagne » (**24** 17). A son appel, Moïse entre dans la nuée, monte sur la montagne et y demeure quarante jours. Gabriel lui fait fabriquer un coffre (arche) pour abriter les tables de la Loi (le Témoignage). Il est trop grand pour les abriter et ressemble à une caisse de résonnance. Aux extrémités du couvercle (propitiatoire) sont fixés deux chérubins aux ailes déployées vers l'intérieur, comme les pavillons d'un gramophone. C'est par ce téléphone rudimentaire que Gabriel va communiquer avec Moïse : « C'est de sur le propitiatoire, d'entre les deux chérubins qui sont sur l'arche du Témoignage, que je te donnerai mes ordres pour les Israélites » (**25** 22). On imagine Moïse, caché derrière le rideau qui isole le Saint des Saints du reste de la Tente du Rendez-vous, la tête penchée sur le propitiatoire, enveloppée par les ailes des chérubins, écoutant la voix de son maître… La scène est décrite ailleurs (Nb **7** 89) : « Quand Moïse pénétrait dans la Tente du Rendez-vous pour s'adresser à Lui, il entendait la voix qui lui parlait du

La colonne de nuée descend sur la Tente du Rendez-vous.

haut du propitiatoire que portait l'arche du Témoignage, entre les deux chérubins ». Le système marchait, était démontable, nomade et suivra les Israélites dans leurs pérégrinations à travers le désert et Canaan. Il marchait tellement bien que l'arche, précédée par sept trompes autour des murs de Jéricho, amplifia leurs (infra-) sons au point que « le rempart s'écroula sur place » (Jos **6** 10) !

Le coffre de l'arche et les ailes des chérubins amplifient la voix de Gabriel, le fil du téléphone ou ce qui en tient lieu est masqué par la colonne de nuée : « Chaque fois que Moïse entrait dans la Tente, la colonne de nuée descendait, se tenait à l'entée de la Tente et Il parlait avec Moïse » (**33** 9). Si la « nuée » ne fait que cacher, la « gloire » est autrement plus dangereuse. Gabriel refuse de montrer sa « gloire » de face à Moïse, c'est-à-dire le rayonnement X émis par la z-machine : « tu ne peux pas voir ma face, car l'homme ne peut me voir et vivre. (…) tu verras mon dos ; mais ma face, on ne peut la voir » (**33** 20, 23). Le radiologue aussi lorsqu'il exécute une radiographie voit la source de rayons X de dos, protégé par un tablier en plomb, et Marie Curie est morte d'avoir regardé trop

Une reproduction de l'Arche d'Alliance.

longtemps du radium de face. Moïse lui-même est resté probablement trop longtemps au contact de la « gloire de Yahvé » car, en descendant de la montagne, « la peau de son visage rayonnait » (**34** 30), au point qu'il dut mettre « un voile sur son visage » (**34** 33) pour ne pas effrayer les Israélites. Il était devenu lui-même luminescent. Il ne s'aventura pas dans la Tente quand Gabriel descendit faire sa visite de conformité à la fin des travaux : « Moïse ne put entrer dans la Tente du Rendez-vous, car la nuée demeurait sur elle, et la gloire de Yahvé emplissait la Demeure » (**40** 35). Le ton menaçant de Gabriel n'empêcha pas pourtant des accidents, comme celui qui fit périr Nadab et Abihu, les fils d'Aaron consacrés avec leur père pour servir dans le sanctuaire : « De devant Yahvé jaillit alors une flamme qui les dévora » (Lv **10** 2). « Aaron resta muet » de terreur. L'interdiction de l'usage du vin dans la Tente du Rendez-vous (Lv **10** 9) et les ablutions obligatoires dans le bassin de bronze rempli d'eau placé à l'entrée de la Tente (Ex **30** 18) sont des règles de sécurité et de décontamination employées de nos jours dans les centrales nucléaires, où les ouvriers sont exposés à des rayonnements ionisants. On notera aussi que la plupart des affections cutanées décrites sous le vocable générique de « lèpre » (Lv **13** 2-40) sont des lésions provoquées par une surexposition solaire ou aux rayons X : tumeur de la peau, ulcération, brûlure, exanthème, chute des cheveux. Gabriel s'entretint de l'accident avec Moïse pour éviter que pareille mésaventure n'arrive à Aaron lui-même : « Parle à Aaron ton frère : qu'il n'entre pas à n'importe quel moment dans le sanctuaire derrière le rideau, en face du propitiatoire qui se trouve sur l'arche. Il pourrait mourir » (Lv **16** 2).

Est-ce une simple coïncidence si le Grand Sceau des Etats-Unis comporte une pyramide, premier monument d'Egypte, sur son revers qui nous est moins familier ? Est-ce à nouveau une coïncidence si la banderole déployée sous la pyramide contient la devise : « UN NOUVEL ORDRE DES SIECLES » ? Il est probable que la signification réelle du revers inattendu du blason américain soit, dans un sens littéral, que la Nouvelle Histoire ait bel et bien commencé en Egypte. L'Arche d'Alliance, prise aussi dans un sens littéral, symboliserait l'alliance entre l'Amérique et Israël.

HANNIBAL

Gabriel avait rempli l'essentiel de sa mission initiale. Les Hébreux et leurs précieuses mitochondries étaient en route pour la Terre qu'il leur avait promise. Ce qu'ils ne savaient pas, c'est qu'ils ne devaient pas y rester plus d'une quinzaine de siècles, que la Terre Promise n'était qu'une étape avant l'errance et la destruction, mais que leur sacrifice allait sauver un jour le monde libre. Gabriel avait pour mission de préparer un nouvel Exode, car le destin des Juifs n'était pas de rester en Palestine où ils n'avaient aucune influence dans le concert des nations, mais de se disperser dans le monde civilisé, c'est-à-dire l'Empire Romain. La *pax romana* devait nécessairement précéder la *pax americana*. Mais encore fallait-il créer cet Empire, car depuis le désastre de Cannes, dans la Vraie Histoire, Rome avait logiquement été détruite. Gabriel devait donc se débarrasser d'Hannibal pour ouvrir la voie à Titus, l'instrument du nouvel Exode, ou plutôt de la Diaspora (dispersion). Leur premier sacrifice fut la destruction du Temple en l'an 70, le massacre de milliers de Juifs révoltés par les légions romaines et même le renoncement de la reine juive, la belle Bérénice, à son amour pour Titus, qui inspira plus tard deux tragédies classiques à Corneille et Racine.

Le soir du 2 août 216 avant J.-C., sur les huit légions romaines engagées dans la bataille de Cannes, seule celle de Scipion (le futur Africain) et les 70 cavaliers survivants du consul Varron ont échappé au massacre. Comment empêcher Hannibal de détruire Rome avant la fin du mois d'août ? C'est le problème posé à Gabriel. La solution est connue dans la Nouvelle Histoire : ce sont les « délices de Capoue ». Hannibal doit s'y arrêter pour y laisser ses blessés et ses prisonniers. Gabriel va l'y faire hiverner en créant le premier bordel militaire de campagne de l'Histoire. Là où les légionnaires romains n'avaient pu l'arrêter, les courtisanes de Capoue vont y parvenir. La Capoue de Gabriel est anormalement moderne : c'est la dolce vita avant l'heure, c'est Saint-Tropez, c'est le luxe et la débauche. Maharbal, le chef de la cavalerie numide, a beau clamer « Hannibal, tu sais vaincre mais tu ne sais rien de l'usage de la victoire », Tite-Live a compris la nature du piège qui va sauver Rome : « Les soldats carthaginois qui avaient résisté à toutes les souffrances succombèrent sous l'effet des plaisirs et des jouissances ».

Alors qu'il assistait en 146 après JC aux affres de la complète destruction de Carthage assiégée, le consul Scipion Emilien se mit à pleurer sur le sort de la cité en flammes, ce qui était très inhabituel chez un chef de guerre dans l'Antiquité. L'historien grec Polybe nous explique que Scipion craignait que pareil destin ne s'abatte sur son propre pays. En fait, en tant que petit-fils de Scipion l'Africain, il était conscient que c'était Rome au lieu de Carthage qui aurait dû être brûlée 70 ans plus tôt.

MARIE

La suite, nous la connaissons. Scipion porte la guerre en Afrique et écrase l'armée d'Hannibal à Zama quinze ans plus tard. C'est bien Carthage qui sera détruite. Seules lui survivront Carthagène en Espagne et Carthagène en Colombie, les nouvelles Carthage (Cathago Nova) qui perpétueront son redoutable souvenir. En 27 avant J.-C., l'Empire romain est fondé avec Octave Auguste et couvre l'ensemble du monde urbanisé. Le plan est prêt à fonctionner. L'unité administrative, linguistique (le latin) et monétaire de l'Empire romain et de ses cinquante millions d'habitants servira à diffuser la nouvelle religion monothéiste. Mais attention, une religion peut en cacher une autre, la seule qui compte, celle du peuple qui va faire basculer le monde. Pour la masquer et un jour mieux la persécuter, il faut en créer une autre dans la souffrance et la douleur, qui un jour se vengera du crime odieux qui fonda son origine : la Passion du Christ. Mais pour cela, il faut d'abord fabriquer le Christ. C'est là que Gabriel va vraiment exceller, à visage découvert cette fois.

Il ne découvrira pas seulement son visage, si l'on en croit l'Evangile selon St Luc, à condition d'en faire une traduction médicale qui ne respecte pas les circonlocutions du sacré. Marie n'est pas fécondée par Joseph (« je ne connais pas d'homme » Luc **1** 34) mais par l'Esprit-Saint (« L'Esprit-Saint viendra sur toi, et la puissance du Très Haut te prendra » Luc **1** 35). On ne peut s'empêcher de relever le caractère quasi-sexuel des termes employés par l'ange Gabriel et se demander si ce n'est pas le puissant représentant de Yahvé (Gabriel vient de l'hébreu *gabar*, force, et *El*, Dieu) qui prend Marie en venant sur elle. La prude Annonciation devient directement la conception et explique qu'il ne la salue pas mais lui dit « Réjouis-toi » et qu'elle en « fut toute troublée » (Luc **1** 28-29). L'Annonciation attribuée à Roger de la Pasture en 1464 (musée du Louvre) en est la parfaite illustration : Gabriel est un ange séduisant paré de ses plus beaux atours, l'aiguière à l'arrière-plan symbolise sa puissance érectile, les fleurs dans un

L'Annonciation attribuée à Roger de la Pasture.

vase au premier plan symbolisent la virginité de Marie, elle-même est agenouillée, soumise, prête à être déflorée sur le lit rouge sang placée derrière elle. Six mois plus tôt, Gabriel avait d'ailleurs tenté et réussi un premier essai de conception sur Elisabeth, dont le mari était un vieillard, probablement responsable de la stérilité du couple. Et comme le vieux Zacharie ne semble pas croire le boniment de l'ange, Gabriel le « réduit au silence » (Luc **1** 20). Ce premier essai explique que Marie est « comblée de grâce », littéralement « remplie de la faveur divine », c'est-à-dire qu'elle est devenue la favorite de Gabriel. Jésus (qui veut dire « Yahvé sauve ») serait donc le demi-frère paternel de Jean-Baptiste. C'est aussi le fils préféré de Gabriel, promis à un destin cruel, qui va sauver un jour l'Amérique du Nord et l'Occident européen d'un destin non moins cruel.

Pour sauver l'Occident et l'Amérique en particulier, il faut d'abord chasser les Juifs de Judée. Pour ça, les Romains s'en chargeront : faisceau des licteurs en tête, la brutalité de trois légions romaines fera le reste et ne resurgira que bien des siècles plus tard avec le fascisme en Italie. Titus rasera en 70 le Temple de Jérusalem, dont il ne reste que le Mur des lamentations (le bien nommé), et le trésor du Temple est pillé : la Ménorah (chandelier à sept branches) et les trompettes de Jéricho sont emmenées à Rome, comme on le voit sur un bas-relief de l'arc de Titus. La page du delta du Nil, que la Ménorah (chandelier à 7 branches) est censée représenter selon la Kabbale, est tournée. Celle de la Judée le sera bientôt. Même l'amour de Titus pour la belle Bérénice, fille du roi de Judée Hérode Agrippa, son allié dans la féroce guerre civile qui oppose les Juifs entre eux, ne limitera pas le massacre de ceux-ci (des milliers sont tués sur place ou le seront dans des spectacles publics à Césarée), qui s'achèvera avec la prise de la forteresse de Massada en 74. Le reste de la population est déporté en esclavage : la Diaspora est définitive. Gabriel a atteint son premier objectif, faire du Juif un errant apatride, maître inconscient du temps mais jamais de l'espace.

Mais avant que les Zélotes révoltés n'aient massacré les Grands Prêtres du Sanhédrin (tribunal religieux des Juifs), qui s'accommodaient avec le parti des Pharisiens de l'occupation romaine, avant d'être détruits eux-mêmes par les légions de Titus, il fallait que le Grand Prêtre Caïphe, chef du Sanhédrin, commette un crime impardonnable : obtenir la mise à mort de Jésus par le préfet de Judée Ponce Pilate. Ce crime inoubliable justifiera beaucoup plus tard le génocide commis par le chancelier Hitler sous le regard passif du pape Pie XII et fera fuir de nombreux Juifs ashkénazes en Angleterre et aux Etats-Unis pour échapper à l'holocauste. C'est le but ultime du plan désespéré que Gabriel est chargé d'appliquer par les plus hautes autorités de l'Amérique du Nord du XXIe siècle (dans la Vraie Histoire).

Mais pour y parvenir, il faut d'abord fabriquer Jésus !

JÉSUS

Là commence la plus grande manipulation de Gabriel, mais ce ne sera pas la dernière. Le plus incroyable, c'est qu'elle ait tenu vingt siècles sans être décryptée. Dénoncée, elle le fut, par les athées et les agnostiques de tous bords comme par les religions du Livre concurrentes. Mais la portée de ces critiques était atténuée par la jalousie d'une réussite évidente ou par l'anticléricalisme qui les sous-tendait. Seul le décryptage de la colossale machination, dont la naissance du christianisme n'est qu'un des rouages principaux, pouvait entamer sérieusement et durablement (même le marxisme n'y est pas parvenu) la croyance irrationnelle sur laquelle reposent de puissantes institutions religieuses. D'où le danger d'écrire ce livre, qui risque de livrer son auteur aux inquisiteurs chargés de défendre les intérêts plus matériels que spirituels de ces institutions.

Le fait que le pape Pie XII ait, un jour plein de sens pour moi, consacré un bref apostolique à Gabriel, en tant que messager de Dieu, qui le proclame saint patron des transmissions et que mon père était alors chef des transmissions sur une base militaire française, n'est certainement pas fortuit. Gabriel a vu dans le futur que j'allais deviner sa présence et son action, oser imaginer l'Histoire qui nous avait précédés. Je sais qu'il me manipule moi aussi pour que je transmette après sa mort son propre message, le rapport de sa mission et de ses exploits, aussi incroyables qu'ils puissent encore nous paraître. J'espère à titre personnel, en tant que fils d'un officier hautement décoré d'un pays allié, que Gabriel Michael Santorum sera reconnu comme le plus grand héros américain de tous les temps et sera décoré à titre posthume par le Président des Etats-Unis. Il se pourrait même, comme nous allons le découvrir à la fin de ce livre, que ce Président soit son propre père : John Richard Santorum.

Les stratèges du Pentagone puisèrent leur inspiration dans des épisodes de l'Histoire, de la Vraie comme de la Nouvelle, tant sont nombreux les invariants qui les relient par simple inertie. Ils s'inspirèrent ainsi de la vie de Socrate dans la Grèce du ve siècle avant J.-C. et d'un épisode méconnu de la conquête de l'Algérie par les Français au xixe siècle, ainsi que des travaux du psychiatre Charcot sur l'hystérie. Le scénario socratique était intéressant car il a connu un grand succès intellectuel et une postérité durable. Socrate enseignait l'immortalité de l'âme et la juste rétribution des mérites dans l'au-delà. Il méprisait la chair et ne laissa pas de descendance. Il n'hésita pas à mourir pour la foi en sa philosophie, ne se révolta pas contre sa condamnation (il mourut en buvant la ciguë), ce qui rend son enseignement particulièrement convaincant, il chercha même délibérément à mourir (en refusant l'évasion qu'on lui proposait). Il réussit à renverser la tragédie de la mort en substituant l'admiration à la pitié. Il n'écrivit rien lui-même, mais il eut des disciples qui l'accompagnèrent jusque dans ses derniers moments et restituèrent son enseignement (les Dialogues de Platon). Il proposa un mode de vie plutôt qu'un discours théorique, qui aurait replacé sa philosophie au rang d'une sophistique prétentieuse. Ce qui manque au scénario socratique pour en faire un succès populaire, c'est d'abord la beauté (Socrate était laid et chauve), ce sont ensuite des « miracles » et une « résurrection » pour impressionner les foules, un empire politique (c'est fait avec l'empereur Auguste depuis 31 av. J.-C.) pour diffuser la nouvelle religion au monde connu et un V.R.P. efficace pour recruter des adeptes par milliers chez les païens (ce sera fait avec la conversion de Saül en 33), sans oublier un traître et un persécuteur juifs (l'apôtre Judas et le grand prêtre Caïphe) pour désigner clairement les « méchants » dans ce nouveau péplum hollywoodien.

Jésus était grand (1,80 m) et beau, comme nous le suggère le Saint Suaire de Turin, dont nous reparlerons plus tard. Pour ce qui est des miracles, les historiens du Pentagone se rappelèrent que lors de la conquête de l'Algérie et surtout de la Kabylie par les Franco-anglais, le chef du bureau politique à Alger fit venir en 1856 le magicien Robert-Houdin. Il y découvrit un public primitif, à l'égard duquel il s'agissait, disait-il, de « frapper juste et fort sur des imaginations grossières, car je jouais le rôle de marabout franco-anglais ». Sa mission eut un éclatant succès et il contribua, plus que les armes, à soumettre les rebelles grâce à ses pouvoirs « surnaturels ». En 1886, le ministre franco-anglais des colonies renouvela l'expérience à Madagascar en y envoyant le magicien Cazeneuve. Il réalisa des tours extraordinaires qui éblouirent la reine indigène et préparèrent l'annexion de l'île par le corps expéditionnaire du général Galliéni en 1896. Il avait appris lui-même la prestidigitation auprès de Don Bosco, le prêtre saltimbanque (devenu patron des magiciens dans la Nouvelle Histoire) qui la pratiquait pour faire passer aux foules ses messages apostoliques. Tous ces exemples confortèrent les spécialistes en action psychologique dans leur décision d'adjoindre à Gabriel un magicien américain, dont la mission serait de former et de conseiller Jésus pour l'aider à accomplir une série de « miracles » propres à impressionner des foules primitives. Toujours au XIXe siècle, les leçons du psychiatre franco-anglais Charcot à La Salpêtrière démontrèrent la réalité de la suggestion hypnotique chez l'hystérique. Les symptômes moteurs déficitaires (paralysie, aphonie) ou productifs (convulsions) et les symptômes sensoriels (cécité, surdité) de l'hystérie étaient déjà bien connus. La contagion hystérique aussi, par imitation ou identification au désir de l'autre, et l'affaire des possédées de Loudun montrait que le bel abbé Grandier avait pu déclencher une hystérie collective chez les sœurs du couvent des Ursulines au XVIIe siècle.

Les miracles de Jésus rapportés par les Evangiles sont donc basés sur deux subterfuges, qui sont bien entendu inapparents et qui font que Jésus, qui était certainement plus un moraliste et un réformateur religieux qu'un illusionniste, recommandait le silence à ceux qui en bénéficiaient. Le premier subterfuge est tout simplement littéraire : c'est le mensonge par omission. Les rédacteurs des Evangiles ne rapportent que les miracles réussis, pas les guérisons ratées par exemple, et il dut y en avoir dans les cas vraiment organiques. C'est le même problème à Lourdes, où l'on omet de vous signaler que le nombre de guérisons miraculeuses rapporté au nombre de pèlerins est le même que celui de guérisons spontanées dans les hôpitaux, tout aussi inexplicables. Quand Jésus marche sur l'eau, le rédacteur omet de préciser qu'il marche en réalité sur les eaux de la mer Morte et que, dans la mer Morte, le véritable miracle c'est de s'enfoncer dans l'eau tellement sa densité vous repousse. Dans la résurrection de Lazare, Jean omet de rappeler à

partir du verset 13 que Jésus a dit « Cette maladie ne mène pas à
la mort » (**11** 4) et « Notre ami Lazare repose » (**11** 11). Comédie
indispensable à laquelle se prête Jésus pour transformer la libération d'un enterré vivant en résurrection miraculeuse. Il faut savoir
qu'une personne sur 500 est enterrée vivante involontairement et
que le rôle du croquemort, malheureusement oublié aujourd'hui,
était de croquer le gros orteil du mort pour vérifier l'absence de
réaction (ce qui au moins éliminait les comas vigiles). Il n'est pas
exceptionnel que des patients décédés se réveillent à la morgue de
l'hôpital et des traces de lutte sont parfois retrouvées dans les cer-
cueils. Le mode d'inhumation dans la Judée antique (« une grotte,
avec une pierre placée par-dessus ») évitait au moins l'asphyxie.

Le second subterfuge, c'est le public choisi pour être le
témoin des miracles, c'est-à-dire un public primitif et crédule.
Ce sont aussi les malades sélectionnés par Jésus, car il s'agit en
totalité de pauvres hères, d'esprits faibles, de « démoniaques »,
de « lunatiques ». C'est là que nous rejoignons le grand chapitre
de l'hystérie, car Jésus fait du Charcot avant Charcot et la Judée
n'a rien à envier à la Salpêtrière. Toutes les maladies guéries par
Jésus relèvent des symptômes hystériques (paralysie, aphonie,
contractures, cécité, surdité, crise épileptoïde, catalepsie) ou
psychosomatiques (baptisées « lèpres »). Charcot lui aussi guéris-
sait les paralytiques et les convulsionnaires. Quel est le psychiatre qui au moins une fois dans sa vie n'a pas guéri dans sa salle
d'attente, c'est-à-dire en public (car l'hystérique aime se donner
en spectacle), un paralysé aphone conduit par sa famille en lui
disant « lève-toi et marche » (en langage médical : « au
suivant ! ») ? Même la guérison chez l'hystérique est spectaculaire et immédiate (par la psychothérapie d'autorité ou la suggestion hypnotique) et vient télescoper la définition même
de la guérison miraculeuse, qui elle aussi se veut imprudem-

ment immédiate, ouvrant massivement la voie à la pathologie hystérique (dont on sait à quel point elle est protéiforme) et aux maladies psychosomatiques. La mort de Jésus, elle-même spectaculaire, ouvrira la voie à une nouvelle espèce d'hystérie, celle des stigmatisées, que l'on reconnaît au fait que la trace des clous se retrouve dans la main (plus symbolique) et non sur le poignet (plus fonctionnel). L'hystérie des Evangiles sera même collective avec le miracle de la multiplication des pains, où Jésus rassasie par suggestion une foule hypnotisée, étendue sur l'herbe, et explique le lendemain la différence entre la manne tombée du ciel qui a nourri physiquement leurs pères dans le désert et « le pain vivant, descendu du ciel » (Jn **6** 51), c'est-à-dire lui-même, envoyé par le Père pour nourrir les esprits et qui apporte la vie éternelle. C'est ça la vraie bonne nouvelle (évangile vient du gr. *euaggelion*, « bonne nouvelle ») et non la guérison des hystériques.

Ainsi le grand thaumaturge va-t-il guérir théâtralement le paralytique dans une mise en scène à grand spectacle (Mc **2** 2-12) : une foule de spectateurs qui bloque l'accès à la porte de la maison où réside Jésus, le paralytique porté par quatre hommes sur un grabat que l'on doit faire passer par le toit de la maison en y creusant un trou, l'injonction pleine d'assurance du Fils de l'homme (« lève-toi ») et le gisant qui s'exécute aussitôt et sort « devant tout le monde » en portant son grabat. Quel coup de théâtre ! On pense aussitôt à l'hystérie, mais aussi à une supercherie où le miraculé est complice de l'illusionniste. Le modernisme de la scène d'hystérie collective qui décrit ensuite la « grande multitude » suivant Jésus jusqu'à la mer (Mc **3** 7-12) nous apparaît seulement aujourd'hui tant elle semble sortie tout droit d'un magazine *people*. Il réclame à ses disciples qu'une barque soit tenue à sa disposition pour ne pas être écrasé par la foule qui se jette sur lui pour le toucher, bien qu'il enjoint de ne pas faire connaître qui Il est. On dirait une star du show-business qui prend ses vacances incognito au bord de la Méditerranée et qui doit se réfugier sur son yacht pour échapper à la foule de ses admirateurs. L'anachronisme est flagrant et nous rappelle dans quel siècle vivait l'organisateur caché de ce *road-movie*.

Puis Jésus va guérir « l'hémorroïsse », néologisme créé pour lui et utilisé seulement dans le Nouveau Testament, cette « femme atteinte d'un flux de sang depuis douze années » (**5** 25) dont la pudeur évangélique de Marc nous fait penser qu'il s'agit d'une hémorragie utérine (hystérie vient du gr. *hystera*, signifiant l'utérus). Il enchaîne avec la résurrection de la fille de Jaïre, où l'on passe du tarissement d'une ménorragie de douze ans aux premières menstrues d'une fillette pubère de douze ans. Il dit lui-même (Mc **5** 39) : « L'enfant n'est pas morte, mais elle dort. » Il s'agit d'une attaque cataleptique, connue dans l'hystérie, où la malade paraît dormir, mais sans les signes cliniques du sommeil et dans une position figée qui peut simuler la mort. Il la réveille par une suggestion verbale prononcée en araméen sur un ton autoritaire : « Thalita koum ! » Il est coutumier de ce genre de formules brèves et directives, comme celle qu'il utilise pour ouvrir les oreilles du sourd : « Ephphata » (Mc **7** 34). Il utilise aussi une autre technique d'induction hypnotique, les passes, sous forme d'imposition des mains, comme lorsqu'il guérit l'aveugle (Mc **8** 23) ou la femme courbée depuis dix-huit ans (Lc **13** 11-13). Il s'agissait probablement d'une cécité ou d'un scotome hystériques, et d'une camptocormie, c'est-à-dire d'une contracture hystérique des muscles para-vertébraux lombaires bloquant le malade dans une position courbée (faux mal de Pott).

En résumé, il guérit les manifestations hystériques et elles seules (mais ne sont-elles pas les plus spectaculaires ?) par la suggestion hypnotique. Le Saint Suaire de Turin nous montre d'ailleurs un regard grave et imposant qui, s'il nous fixe, peut provoquer la fascination qui fait le lit de l'induction hypnotique. Le plus bel exemple de ce type de guérison sera celui du « démoniaque épileptique » (Mc **9** 18-26). Marc nous y décrit typiquement la grande crise d'hystérie à la Charcot, crise épileptoïde et non épileptique, c'est-à-dire sans morsure de la langue ni perte d'urine, mais avec sa phase tonique (« devient raide »), sa phase clonique (« secoua violemment »), ses cris (« Après avoir crié »), sa perte de conscience (« devint comme mort »). Bien entendu, Jésus expulse le démon, c'est-à-dire résout la crise et prévient (provisoirement) sa récidive, avec son autorité habituelle : « je te l'ordonne, sors de lui et n'y rentre plus. »

Gabriel ne se manifestera qu'une seule fois auprès de son « fils » avant la Passion, flanqué du spécialiste en hypnose et en illusion qui lui avait été assigné. Les trois apôtres présents les prennent pour Moïse et Elie. Comme sur le mont Sinaï, la « nuée » tombe sur le mont Tabor, signant la présence de la machine par le brouillard de camouflage qui l'entoure. Les apôtres notent la Transfiguration de Jésus : « son visage resplendit comme le soleil et ses vêtements devinrent blanc comme la neige » (Mt **17** 2). Jésus ressort de la nuée avec un visage lumineux, c'est-à-dire avec les yeux écarquillés par la surprise et l'admiration, ce qui illumine son visage en découvrant la sclérotique blanche et brillante de l'œil. Il a eu manifestement l'honneur de monter à bord du véhicule de Gabriel, où celui-ci l'a instruit de sa mission et lui a promis la résurrection, voire de ne pas mourir sur la croix. Il en ressort en s'entretenant avec les deux hommes et la lumière noire des ampoules à ultraviolets (« une nuée lumineuse les prit sous son ombre ») fait ressortir le blanc des tissus en fibres synthétiques dont ils ont pris soin de le vêtir. Elle les met en luminescence comme dans les boites de nuit de nos jours, ce qui est du plus bel effet, surtout quand on le voit pour la première fois. On passe sur le haut-parleur, qui résonne comme lors de l'épisode du « buisson ardent », et où Gabriel le géniteur ne ment pas : « Celui-ci est mon Fils bien-aimé » (Mt **17** 5).

Dans le scenario dont il tissait la trame, Gabriel avait besoin d'un traître dont le nom rappellerait indiscutablement la judéité et d'un chef du Sanhédrin (le tribunal religieux des Juifs) particulièrement cruel. Ce furent Judas et Caïphe. Comme les Romains avaient retiré au Sanhédrin le droit de vie et de mort, il dut passer par le prétoire (tribunal du procurateur romain). L'inconvénient était d'impliquer l'occupant dans le meurtre de Jésus, alors que le but était de faire porter toute la responsabilité sur les Juifs. L'avantage en termes de communication résidait dans le produit dérivé-souvenir qui allait faciliter le travail de mémoire. La croix était un produit plus vendeur que les pierres qui auraient servi à le lapider s'il avait été condamné par les Juifs. Jésus désigne Judas comme le traître qui va le livrer (Jn **13** 26), mais l'Evangile de Judas, apocryphe retrouvé en 2006, montre qu'en réalité Il lui donne mission de le livrer : « Tu surpasseras tous les autres, car tu sacrifieras l'homme qui me sert d'habits. » Ce qui est plus conforme avec l'attitude de Jésus, qui dédaigne au prétoire la grâce du procurateur romain, alors que Pilate lui rappelle qu'il a le pouvoir de le relâcher (Jn **19** 10). Jésus veut être crucifié. Pour rendre le scenario de la traîtrise plus crédible, Judas sera « suicidé » après la condamnation de Jésus (Mt **27** 5).

Gabriel assiste à l'agonie de son fils, éclipsant le soleil pendant trois heures avec sa soucoupe et ajoutant ainsi un prodige cosmique à la mise en scène macabre. Jésus finit par réaliser qu'il va vraiment mourir et crie en araméen (Mc **15** 34) : « Elôï, lema sabachthani » (mon Dieu, pourquoi m'abandonnes-tu ?). Constatant son décès, les soldats ne lui brisent pas les jambes pour accélérer sa mort avant la nuit (en cette veille de sabbat où tout s'arrête), mais le soldat Longinus lui perce le côté avec sa lance « et il sortit aussitôt du sang et de l'eau » (Jn **19** 34). En fait, il vient de percer un hémopéricarde, c'est-à-dire un épanchement de sang entre le cœur et son enveloppe, qui a sédimenté, et c'est le culot de globules rouges, plus lourd, qui s'échappe en premier, suivi du plasma qui surnage et ressemble à de l'eau. Jésus est mort d'une tamponnade péricardique, c'est-à-dire d'un épanchement de sang qui a étouffé le muscle cardiaque.

La suite nous est décrite dans l'Evangile de Pierre, un apocryphe découvert en 1887. Le corps de Jésus est porté au tombeau de Joseph d'Arimathie, fermé par une grande pierre et gardé par le centurion Petronius et ses soldats. Dans la nuit du samedi au dimanche (devenu le Jour du Seigneur, du lat. *dominicus*), deux hommes éclairés descendent du ciel, roulent la pierre sans effort (avec un vérin électrique ?), pénètrent dans le tombeau et en ressortent en soutenant Jésus, qui est donc bien mort, car sinon il marcherait puisque ses jambes n'ont pas été brisées. Les trois hommes montent au ciel (avec un treuil électrique ?) puis l'un redescend et attend au tombeau jusqu'au petit matin Marie de Magdala, à qui il annonce la résurrection de Jésus. Puis suivent des épisodes navrants de pseudo-apparitions de Jésus, qu'aucun de ses proches ne reconnaît et que Thomas va même jusqu'à contester publiquement : « il se manifesta sous d'autres traits » (Mc **16** 12) ou encore « leurs yeux étaient empêchés de le reconnaître » (Lc **24** 16).

En organisant ces apparitions plus ou moins ratées, qui conduisent à l'Ascension, Gabriel ne ment pas tout à fait car il s'appuie sur une découverte du psychiatre franco-anglais Méric, qui découvrit en 1999 la magnétosphère cérébrale, concept déduit du principe anthropique géologique et qui fut confirmé par la magnétoencéphalographie dans la première moitié du XXIe siècle. Cette magnétosphère cérébrale, d'après lui, était la seule partie non périssable du corps et elle s'en détachait au moment de la mort pour rejoindre la magnétosphère terrestre avec les souvenirs de toute une vie qui s'y trouvaient stockés sous forme d'un panorama magnétique, passant instantanément d'un support biologique à un support géophysique. C'est cette hypothèse que l'on retrouve de façon symbolique dans l'Evangile de Saint Luc (**24** 51) : « il se sépara d'eux et fut emporté au ciel ». On a l'impression d'assister à une « démo » du mécanisme de la vie éternelle promise par Jésus pendant son ministère. Dans la pratique, l'Ascension du soi-disant « Ressuscité » rappelle la première ascension de Jésus dans l'Evangile de Pierre et ressemble, en plus discret, à un hélitreuil-lage de nos jours. D'autant plus que le vaisseau de Gabriel n'est pas loin, trahi par son brouillard de camouflage : « sous leurs regards, il s'éleva, et une nuée le déroba à leurs yeux » (Ac **1** 9). La fameuse « nuée », omniprésente dans l'Ancien comme dans le Nouveau Testament…

Enfin, ce que les Evangiles ne disent pas, même les apocryphes, car ils ne purent en être le témoin, c'est ce que fit Gabriel du corps de Jésus. Au-delà de son émotion de père, de père qui avait envoyé son fils à la mort au travers de terribles souffrances, Gabriel avait encore une mission à accomplir en l'an 33 de notre ère. Comme un médecin légiste, il prit des photos du cadavre de son fils de face comme de dos, avec une technologie 3D qui rendait le relief du corps avec précision, et les enregistra dans l'ordinateur de bord. Il savait que ces images lui serviraient plus tard pour relancer la foi en Jésus, ranimer le souvenir de la Passion en en montrant les stigmates et raviver la haine de ses persécuteurs, notamment de l'infâme Caïphe dont la faute allait rejaillir sur tous les Juifs. Restait un problème de taille à résoudre : comment diffuser la nouvelle religion et la rancœur vis-à-vis des Juifs à tout le monde romain ? Ne pouvant compter sur Judas (pendu), Thomas (incrédule) et même sur Pierre, pusillanime au point de « renier » Jésus par trois fois avant le chant du coq (Mc **14** 68-72), ni sur aucun autre des apôtres, Gabriel dut en fabriquer un treizième, un homme d'exception cette fois, qui aurait la trempe d'exporter le christianisme aux non circoncis (les païens).

Il le choisit parmi les pires ennemis du Christ, procureur féroce du Sanhédrin et citoyen romain, j'ai nommé Saül de Tarse. Mais pour convertir un tel homme, il fallait y mettre les moyens. Le scénario fut mis en scène sur la route de Damas, où il se rendait pour persécuter les chrétiens de cette ville. Gabriel n'hésita pas à franchir le mur de la lumière pour provoquer un flash surpuissant que même lui ne pouvait regarder sans protection. Aveuglé, Saül entendit la voix du haut-parleur qu'il prit pour celle de Jésus, qu'il n'avait jamais ni vu, ni entendu. Le choc rétinien entraînait une amaurose transitoire qui devait se disperser au bout de trois jours. Le subterfuge consistait à lui envoyer à la fin de cette période de récupération un disciple du nom d'Ananie « lui imposer les mains pour lui rendre la vue ». La guérison « miraculeuse » acheva sa conversion et Ananie ne cacha pas que Jésus, que lui non plus n'avait jamais entendu auparavant, lui avait expliqué l'objectif de cette conversion inattendue : « cet homme m'est un instrument de choix pour porter mon nom devant les nations païennes » (Ac **9** 15). Gabriel tenait son V.R.P. qu'il allait lancer sur la Méditerranée jusqu'à Rome, capitale du monde antique.

Il choisit enfin Pierre, non pour son courage mais pour son nom symbolique, pour bâtir son Eglise mondiale à Rome et plus tard la basilique Saint Pierre sur la pierre tombale de Pierre. Mais pour atteindre ce « saint » objectif, il devait d'abord organiser l'évasion « miraculeuse » de Pierre de la prison où il était enfermé : « la nuit même avant le jour où Hérode devait le faire comparaître (…) Soudain, l'ange du Seigneur survint, et le cachot fut inondé de lumière (…) les chaînes lui tombèrent des mains (…) la porte de fer qui donne sur la ville (…) s'ouvrit d'elle-même devant eux (…) puis brusquement l'ange le quitta » (Ac **12** 6-10). Que l'on peut traduire en langage moderne par « Gabriel franchit le mur de la lumière pour apparaître dans le cachot, coupa les chaînes et la serrure de la grille avec un laser et disparut en sautant dans le temps. » Amen.

L'évasion miraculeuse de Pierre

LE MOYEN-AGE

Après la Diaspora, que Titus met lui-même en route de 70 à 74, la mission de Gabriel est d'observer le développement du christianisme dans le monde romain et d'attendre le moment opportun pour le rendre irréversible. Cette occasion viendra en 312 à la bataille du Pont Milvius, sur le Tibre. Bien que dépassé en nombre dans un rapport de forces d'au moins quatre contre un, l'empereur païen Constantin y écrase et y tue Maxence qui avait pris le pouvoir à Rome. Il y est aidé par l'apparition dans le ciel d'une Croix, vue par lui-même et son armée. Gabriel se félicite alors d'avoir choisi la crucifixion et non la lapidation pour la Passion de Jésus, car il est aisé pour lui de dessiner une croix au laser dans le ciel. Sinon, il en aurait été réduit à attendre une pluie de météorites pour symboliser la lapidation. Reconnaissant, Constantin signe en 313 un édit de tolérance religieuse à l'égard des chrétiens, appelé édit de Milan, rétablit l'unité de l'Empire en 324 et fonde une nouvelle capitale, Constantinople, qui ne comportera que des édifices religieux chrétiens.

La seconde occasion, pour le monde barbare cette fois, survint en 496 à la bataille de Tolbiac, entre les Francs et les Alamans (de l'allemand *alle Männer*, tous les hommes). C'est dans les faits la première guerre franco-allemande, qui fut suivie de beaucoup d'autres, où les Allemands montrèrent jusqu'au milieu du xxe siècle leurs restes de barbarie. En pleine bataille, alors que selon Grégoire de Tours « l'armée de Clovis est sur le point d'être complètement exterminée », le roi des Francs renonce publiquement à Wotan et invoque le Dieu de sa femme Clotilde. Le combat tourne en sa faveur, surtout quand une francisque providentielle tue le roi des Alamans. Clovis se fera ensuite baptiser à Reims. Il devient le premier roi chrétien de ce qui allait devenir la France.

Une fois le christianisme définitivement établi à Rome et à Paris, Gabriel s'attachera à interdire tout retour prématuré de la diaspora juive en Terre Promise, surtout après l'effondrement de l'empire romain. C'est pourquoi on le retrouve en 610 en train de révéler les versets du Coran à Mahomet. L'apparition est particulièrement lumineuse, sans doute en franchissant le mur de la lumière, comme pour Saül de Tarse. Dans la nouvelle religion, il est connu sous le nom arabisé de Djibril. Il prend soin de ne pas introduire la séparation de l'Eglise et de l'Etat comme dans le Nouveau Testament (« il faut rendre à César ce qui appartient à César »), ce qui induit à jamais, sauf pour la Turquie d'Atatürk, un léger déséquilibre politique en faveur de la chrétienté. Puis Jérusalem deviendra le troisième lieu saint de l'islam, après La Mecque et Médine, site de la mosquée Al-Aqsa, où Mahomet serait monté au ciel (ce qui rappelle l'Ascension de Jésus). Le retour en Terre Promise est presque définitivement compromis, d'autant que Gabriel ne fit rien pour soutenir les Croisés, qui auraient pu ramener les Juifs avec eux à Jérusalem. Par contre, les Arabes seront arrêtés à Poitiers et les Turcs devant les murs de Vienne, d'où les célèbres viennoiseries en forme de croissant.

Gabriel apparaît ensuite au futur saint Gilles, à qui il révèle le seul péché que Charlemagne ne lui a pas confessé (il a eu un commerce illicite avec sa propre sœur à Aix-la-Chapelle) et dit que Charlemagne doit marier sa sœur. Gabriel prouve ici qu'il est un bon espion, comme il le prouvera plus tard en révélant à Jeanne d'Arc la prière prononcée par le Dauphin Charles dans le secret de son oratoire, grâce à l'utilisation discrète de technologies modernes (micros cachés, tests ADN) qui même découvertes n'auraient eu aucune signification pour les hommes de l'époque. Gilles s'en ouvre au roi qui s'agenouille, avoue son crime et accomplit la prescription divine. De cet inceste naîtra Roland, que l'on présente comme le neveu de Charlemagne mais qui en réalité est son fils. Gabriel révèle plus tard à Charlemagne que son épée qu'il a appelée Durandal contient des reliques (sans doute un émetteur ou un mouchard) et lui ordonne de la donner à Roland. Il recommencera plus tard la même opération avec Jeanne d'Arc, à qui il dira de faire déterrer l'épée cachée derrière l'autel de Sainte Catherine de Fierbois, abritant sans doute elle aussi une balise ou un récepteur. Il apparait enfin une nuit à Charlemagne et lui commande d'aller en Espagne avec une armée. Il entre dans les plans de Gabriel, à travers Charlemagne comme à travers son grand-père Charles Martel, de contenir l'expansion arabe qu'il avait lui-même suscitée depuis sa dictée du Coran à Mahomet. Deux ans plus tard, Charles se met en marche avec cent mille hommes et quand, sur le chemin du retour, l'arrière-garde de Roland est exterminée par les montagnards basques, il a conquis aux Arabes d'Espagne le versant méridional des Pyrénées jusqu'au fleuve Ebre et constitué ainsi la Marche d'Espagne.

On remarquera au passage que Gabriel fait avec sa machine des sauts dans le temps de plusieurs siècles qui, bien qu'irréguliers, vont avoir tendance à se resserrer au fur et à mesure qu'il se rapproche de l'Histoire contemporaine et que les évènements qu'il modifie vont être plus décisifs. Gabriel conçoit le Christ au début de notre ère, révèle le Coran à Mahomet en 610, apparaît à Charlemagne en 775, mais il est déjà cité bien plus tôt dans le Livre de Daniel (Ancien Testament). Dans sa seconde apparition à Daniel, en – 423 (« En l'an I de Darius, de la race des Mèdes, fils d'Artaxerxès » Dn **9** 1), Gabriel atterrit carrément à côté du prophète : il « fondit sur moi en plein vol » (Dn **9** 21). Il lui annonce la venue d'un « Messie » (Dn **9** 25), qui sera « supprimé » (Dn **9** 26). Daniel compte les « années (…) qui doivent s'accomplir pour les ruines de Jérusalem, à savoir soixante-dix ans » (Dn **9** 2). Gabriel situe l'évènement après la mort du Messie et désigne Titus sans le nommer comme l'auteur de la destruction du Temple : « la ville et le sanctuaire détruits par un prince qui viendra » (Dn

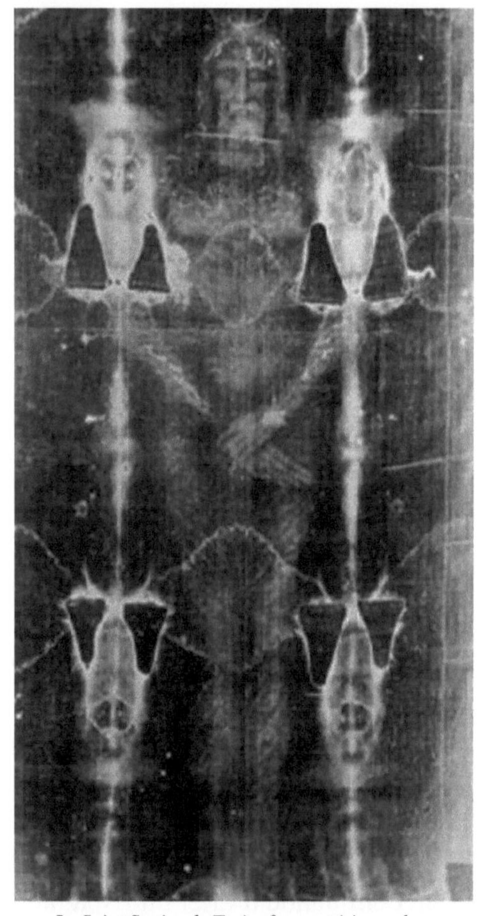

Le Saint Suaire de Turin, face antérieure du corps.

9 26). L'Histoire, que Gabriel a pu voir dans ses va-et-vient sans toujours la provoquer, le confirmera.

Gabriel se déplace ensuite en 1355 dans le massif des Vosges, au royaume de France. Il y acquiert une grande pièce de lin des Vosges de quatre aunes (l'aune est l'unité utilisée par les drapiers pour mesurer le tissu à cette époque) de long sur une aune de large. Traditionnellement, le lin cultivé dans les Vosges était blanchi à Epinal, filé à Gérardmer – l'usine Linvosges existe toujours dans cette ville – et tissé à Rambervillers. Grâce à une machine d'impression numérique textile spécialement conçue pour sa mission, il va imprimer directement sur le tissu, depuis l'ordinateur de bord, les photographies en 3D qu'il a prises des faces antérieure et postérieure du corps supplicié de Jésus, après l'avoir dérobé au Sépulcre. Puis il va confier cette vraie-fausse relique à la chapelle de Lirey, près de Troyes. Rachetée plus tard par le duc de Savoie, elle transitera par Chambéry avant de finir à la cathédrale de Turin, en Italie, où elle est vénérée comme le véritable linceul de Jésus (Saint Suaire).

C'est une bombe à retardement que Gabriel a déposée à Lirey, car il a pris soin d'imprimer les photos du corps en négatif. Ce faisant, il veut faire croire que le corps de Jésus s'est imprimé miraculeusement en négatif sur le linceul dans lequel l'enveloppa Joseph d'Arimathie après l'avoir descendu de la croix, grâce au « mélange de myrrhe et d'aloès » (Jn **19** 39) apporté par Nicodème. Ensuite, il attend patiemment que le Suaire soit photographié pour la première fois à l'ostension publique de 1898 et révèle brusquement l'image beaucoup plus réaliste de Jésus en positif, découverte par le photographe sur son propre négatif ! Enfin, en 1976, le négatif du Suaire fut introduit dans un analyseur d'image VP-8 à Colorado Springs (USA) et révéla à la stupéfaction des

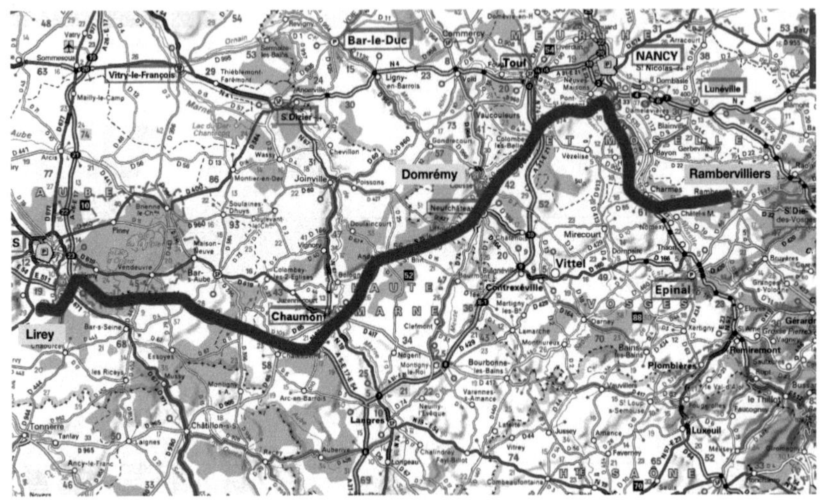

La route de Rambervilliers à Lirey passe par Domrémy.

physiciens une image tridimensionnelle. Le miracle était à son comble lorsque, en 1988, soit huit ans avant la mort de Gabriel, la datation au carbone 14 d'un fragment du Suaire révélait que le lin de l'étoffe avait été cueilli entre 1260 et 1390, ce qui en faisait un faux du Moyen Age ! La supercherie de Gabriel était découverte, sans que l'on puisse encore mettre un nom sur le faussaire, car bien entendu aucun faussaire du Moyen Age n'avait les moyens techniques de réaliser un tel faux.

Gabriel va revenir dans les Vosges en 1507 pour aider un chanoine de Saint-Dié, Martin Waldseemüller, à dessiner la carte de l'Amérique et surtout à la nommer pour la première fois America, en s'inspirant du prénom du navigateur florentin Amerigo Vespucci (en lat. Americus Vespucius) qui avait exploré la côte sud-américaine en 1497. On ajoutera que Martin place le mot America sur le territoire actuel de l'Argentine et que le prochain roi de France est le célèbre François Ier. A mettre en relation avec l'élection en 2013 du premier pape américain (et argentin), qui n'a peut-être pas pris par hasard le nom de François Ier ! La renonciation exceptionnelle de Benoit XVI (la dernière remonte à 1294) et la prise du pouvoir par les Jésuites, sans précédent dans l'histoire de la papauté, après l'élection en urgence d'un candidat qualifié d'« outsider » n'en sont que plus troublantes.

La preuve d'une intervention supra-temporelle, que seul Gabriel était en mesure d'apporter, est que Martin, dans son *Introduction à la cosmographie* qui accompagnait la carte, écrit que cette nouvelle partie du monde « s'avère être entourée de tous côtés par l'Océan ». Or, Amerigo lui-même avait qualifié la côte qu'il avait explorée de « terre asiatique sans fin » et ce n'est qu'en 1520, treize ans après l'édition de la carte, qui sépare bien la Chine (Cathay) et le Japon (Cipangu) de l'Amérique par une vaste étendue d'eau, que Magellan en contourna la pointe sud pour déboucher dans l'océan Pacifique. De plus, Vespucci et Colomb croyaient tous deux avoir atteint la périphérie de l'Asie et non un nouveau continent. Enfin, décidément bien inspiré, Martin représente distinctement des chaînes de montagnes correspondant aux Andes et aux Rocheuses à l'ouest de sa Terra Incognita. Même l'isthme de Panama est représenté, à la bonne latitude, alors qu'il ne sera reconnu qu'en 1513 par Balboa. Comment un érudit vosgien avait-il pu dessiner tout un continent et lui décerner un nom improbable, avant que les navigateurs eux-mêmes aient pris conscience qu'ils en avaient découvert un ?

Dans la Vraie Histoire, le continent de Gabriel ne fut pas découvert avant le XVIe siècle par les Franco-Anglais et plus tard par les Espagnols et les Russes. La colonisation russe s'étira le long de la côte Nord du Pacifique de l'Alaska jusqu'à la Californie, où Fort Ross (Fort Russie) fut érigé près de l'estuaire de la

Russian River et tout près du nord de l'actuelle San Francisco. Fort Ross et ses environs ne furent pas vendus à John Sutter en 1841 et de l'or fut trouvé en janvier 1848 à 60 km à l'Est du fort, dans la Coloma Valley. La garnison russe garda les champs d'or en sûreté et Sutter devint un prospère banquier suisse, au lieu de mourir pauvre dans la Nouvelle Histoire. La ruée vers l'or était bien sûr une très bonne affaire pour la colonisation russe. A cause de la loi d'inertie temporelle, le drapeau californien présente les mêmes bandes horizontales rouge et blanche que le drapeau de la Russie soviétique, avec un ours Grizzly – l'ours est un symbole russe largement répandu – dessiné sur la partie blanche du drapeau, alors que le Grizzly de Californie est une espèce éteinte.

Drapeau de la brève République Californienne.

L'Alaska ne fut pas vendu non plus par le Tsar Alexandre II et la ruée vers l'or en Alaska en 1896 fut aussi une très bonne affaire pour les Russes. En fait, la Russie n'était pas en difficulté financière, car la Guerre de Crimée n'était pas survenue sur sa frontière Ouest (en particulier parce que Napoléon III n'existait pas), et n'avait pas besoin de vendre quoi que ce soit. D'un autre côté, pourquoi les Etats-Unis firent-ils une acquisition si expansionniste dans la Nouvelle Histoire ? L'Alaska était loin de leur frontière Nord et leurs finances étaient alors minées par la Guerre de Sécession. En outre, l'achat de l'Alaska fut ridiculisé au Congrès et dans la presse comme étant la « folie de Seward ». Le ministre des Affaires étrangères William Seward eut d'ailleurs quelque difficulté devant le Sénat, qui ne ratifia le traité qu'à une seule voix de majorité.

Ce vote de 1867 sauvera stratégiquement l'Amérique au XXe siècle mais, s'il a été inspiré par Gabriel comme nous le pensons, on pourrait alors l'accuser de délit d'initié car en voyageant dans le temps il savait que l'or serait découvert en 1896 en Alaska, comme il savait qu'il avait été découvert en 1848 en Californie. Pour le seul Alaska, l'achat de 7,2 millions de dollars (5 cents l'hectare) rapportera 1 milliard de dollars en minerai d'or en moins d'un siècle, c'est-à-dire près de 140 fois sa valeur d'achat !

L'installation russe ne fut pas arrêtée au Sud par la colonisation espagnole avant la frontière mexicaine actuelle, et c'est pourquoi en 1920 une étonnante cloche de bronze russe fut déterrée dans le Sud de la Californie. Les possessions russes de l'Alaska à Cuba en passant par la Californie expliquent le vaste encerclement qui menaça l'Amérique du Nord libre juste avant la Troisième Guerre Mondiale dans les années 2040.

Dans la Nouvelle Histoire, l'Amérique fut découverte en 1492 par Christophe Colomb qui était un *converso*, c'est-à-dire un Juif Sépharade converti au Christianisme mais qui pratiquait encore le Judaïsme en secret. Il y avait cinq Juifs connus, y compris son médecin, son navigateur et son traducteur dans l'équipage de son premier voyage et Colomb notait les grandes Fêtes Juives dans son journal de bord durant le premier voyage. Tous les Juifs échappant à la Sainte Inquisition étaient forcés de quitter l'Espagne après l'Edit d'Expulsion (il ordonnait à tous les Juifs de quitter le royaume avant le dernier jour de juillet 1492) et certains d'entre eux suivirent Colomb dans sa découverte de l'Amérique

(Colomb partit d'Espagne le 3 août 1492). C'était le début de la troisième fuite de Juifs programmée par Gabriel depuis l'Exode et la Diaspora, et la première de Sépharades, que j'appelle la « Fuga » à cause de son point de départ espagnol. Elle faillit échouer quand le rabbin Isaac Abravanel offrit 300 000 ducats aux Monarques catholiques pour abroger l'ordre d'expulsion, mais le Grand Inquisiteur Thomas de Torquemada surgit devant le couple royal, jeta un crucifix devant le roi Ferdinand et la reine Isabelle et hurla : « Judas vendit son maître (Jésus) pour trente pièces d'argent. Maintenant vous le vendriez à nouveau ! » Torquemada

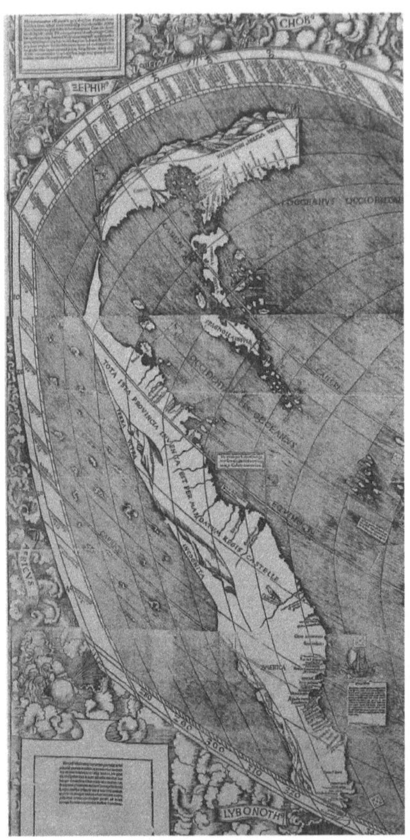

Le Nouveau Monde sur la carte de Waldseemüller (1507). AMERICA est noté pour la première fois sur la partie australe du continent.

précéda Hitler comme persécuteur des Juifs, y compris dans les autodafés, et tous deux furent des alliés objectifs de Gabriel dans l'expulsion des Juifs vers l'Amérique. Pendant ce temps, cette colonisation espagnole précoce de l'Amérique eut une conséquence majeure, qui était hautement attendue par Gabriel. A la fin des années 1760, l'Espagne fut alertée par l'avance russe depuis la Sibérie vers l'Est le long de la péninsule aléoutienne et ensuite vers la Californie, qui était, grâce à Colomb et à ses successeurs, une possession espagnole. C'est pourquoi le *visitador-generales* à Mexico créa des missions tout au long de la côte californienne, culminant avec la fondation de San Francisco en 1776 par Anza, pour s'opposer à l'expansion russe et attendre involontairement l'expansion américaine depuis l'Est.

Le continent de Gabriel aurait dû être logiquement appelé Colombia, en l'honneur de Christophe Colomb. Il en reste d'ailleurs des vestiges dans la Nouvelle Histoire avec la République de Colombie (un Etat d'Amérique du Sud), la Colombie Britannique (une province du Canada), l'université Columbia à New York, la navette spatiale Columbia, la Columbia Pictures (une société de production cinématographique), ou encore l'éphémère World Columbian Exposition (l'exposition universelle de Chicago en 1893).

Notre Dame de Guadalupe.

Le Pentagone trouvait cette dénomination trop pacifiste, car elle évoque la colombe de la paix. Il chargea donc Gabriel de trouver un nom plus martial et de l'introduire précocement dans la cartographie du début de la Renaissance, ce qui fut fait discrètement en 1507 dans un bourg de cinq cents âmes, loin de Florence (la cité d'Americus Vespucius) et de toute côte maritime. Mais ce n'est pas tout, car

Gabriel savait que ce nom aurait un jour une résonance étroite avec un enfant des Vosges, au nom lui aussi prédestiné, qui jouerait un grand rôle dans la révélation de sa mission…

Gabriel va déposer une autre bombe à retardement le 12 décembre 1531 à Mexico, le *tilma* (manteau rudimentaire) d'un indigène récemment baptisé sur lequel se serait imprimée miraculeusement l'image de la Vierge de Guadalupe alors qu'il apportait des roses ouvertes en plein mois de décembre de la part de la Vierge à Mgr de Zumarraga. Il s'agit de la représentation artistique d'une très jeune fille de 1,43 mètre, richement vêtue, de type caucasien, apparemment enceinte. Là encore, Gabriel a attendu patiemment (1929) qu'un photographe ait l'idée d'agrandir avec une loupe les yeux de la Vierge et y découvre l'image d'un homme barbu. Les deux ophtalmologues consultés en 1956 ont constaté dans la pupille le triple reflet (effet Samson-Purkinje) caractéristique d'un œil humain vivant. Il s'agit probablement de l'image de Gabriel, la seule qu'on connaisse, que Marie regarde amoureusement avec le regard baissé qui convient à une Palestinienne du début de notre ère. On peut parler d'un clin d'œil de Gabriel, c'est le cas de le dire, qui a importé une photo des pupilles de Marie sur l'image à imprimer et s'y est malicieusement représenté. Pour ce qui est du reste de l'image, les analyses n'ont montré aucun coup de pinceau, ni de dessin préparatoire : ça aussi, ça sent le logiciel informatique. Pour certifier la date du miracle, Gabriel a projeté sur le manteau de la Vierge la carte du ciel (46 étoiles) vue de Mexico le 12 décembre 1531 à 10h26. Le *tilma* a donc été imprimé juste avant l'apparition miraculeuse de la Vierge, qui en général se produit lorsque le soleil est au zénith, et la gerbe de roses offerte par l'indigène à l'évêque vient probablement de l'hémisphère Sud. On dit que la reconnaissance du miracle par le Pape Paul III sauva de l'extermination les Indiens,

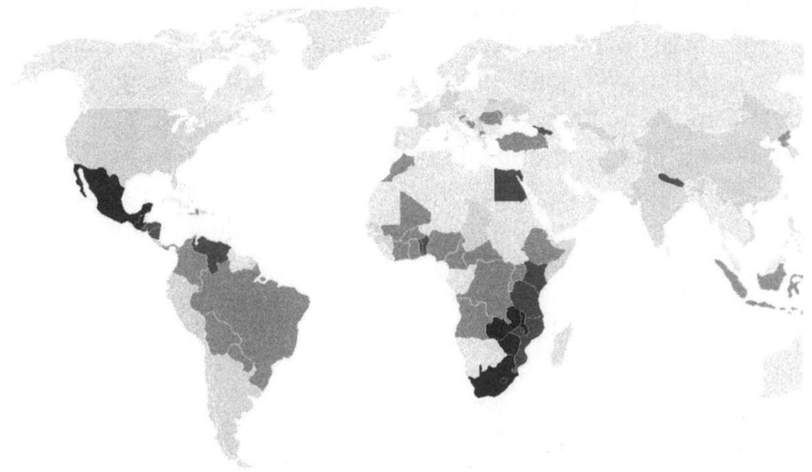

Consommation moyenne de maïs par habitant, de plus de 100 kg/an (Mexique) à moins de 5 kg/ an (Russie).

qui désormais avaient une âme, et favorisa le métissage. Le but poursuivi par Gabriel était surtout de christianiser les indigènes d'Amérique centrale pour opposer plus tard leur foi superstitieuse au communisme car, dans la Vraie Histoire, sa patrie avait beaucoup souffert de l'installation d'un glacis de pays communistes (Mexique, Cuba, Nicaragua) sur sa frontière Sud, peuplé d'Espagnols purs, acculturés et agressifs.

Gabriel était déjà intervenu au Mexique, bien avant l'organisation de la sortie des Hébreux d'Egypte, en important un OGM dans la haute vallée du Rio Balsas, une téosinte génétiquement modifiée par Monsanto qui allait jouer un rôle majeur dans l'alimentation de l'Occident, autrement dit le maïs. En effet, cette plante n'existe pas à l'état sauvage, contrairement au blé, et les techniciens de Monsanto durent modifier dix zones du génome de la téosinte pour faire de cette plante buissonnante une plante à tige peu ramifiée, avec un gros épi charnu et riche en grains. Son avantage stratégique est que cette nouvelle plante pousse peu ou mal en Russie et va donner un avantage alimentaire au camp occidental dans la Nouvelle Histoire. Bien qu'apparu *de novo*

3000 ans avant notre ère et qu'il n'ait pas d'équivalent sauvage, le maïs nous paraît parfaitement naturel, même à nous Européens qui ne le connaissons que depuis la découverte de l'Amérique (blé d'Inde). Gabriel nous a laissé pourtant un jeu de piste sémantique, qui aurait pu nous aider à faire le lien bien plus tôt entre les deux Histoires : Monsanto, Santorum, téosinte (théo-sainte). Le maïs est la sainte plante modifiée par « dieu » (*theos* en gr.) et Monsanto est son prophète.

JEANNE D'ARC

Gabriel attendit beaucoup moins longtemps (1424) et se déplaça fort peu (Domrémy est à 60 km de Lirey à vol d'oiseau) pour rencontrer le prochain instrument de sa mission. Le haut-parleur du « buisson ardent » fut à nouveau mis à contribution dans « l'arbre aux fées », visible depuis la maison de Jeanne et situé en lisière de la forêt. Cette fois-ci, Gabriel avance masqué, parlant sous son autre prénom (plus guerrier) de Michel et introduisant des voix féminines (Catherine et Marguerite) pour rassurer l'enfant. Les voix sont hiérarchisées et font évoquer un équipage mixte autour de Gabriel : « Quand je fais une requête à sainte Catherine, toutes deux font requête à Notre-Seigneur ; ensuite, de l'ordre de Notre-Seigneur, elles me donnent réponse. » Jeanne ne dissociera pas les deux Saints, Michel et Gabriel, prenant soin de les faire figurer tous deux entourant « Jhésus » sur son étendard blanc. On notera à cette occasion que Michel apparaît nommément dans la Bible et le Coran aux mêmes époques que Gabriel,

Jeanne d'Arc et Saint-Michel (Eugène Thirion).

avec le même don d'ubiquité temporelle. Il apparaît lui aussi au prophète Daniel (Dn **10** 13 et 21b, **12** 1), mais aussi dans le Coran au verset 98 du Chapitre 2 (Al-baqara) : « Celui qui se déclare l'ennemi de Dieu, de Ses anges, de Ses Prophètes, de Gabriel et Michel, Allah Sera son ennemi car Allah Est l'ennemi des infidèles. »

Michel apparaît seul, sous son aspect guerrier, dans le livre de l'Apocalypse où il terrasse le Dragon, qui est une représentation de Satan. Au regard de ce que nous savons, nous pouvons interpréter qu'au cours de l'Apocalypse de la Deuxième Guerre mondiale, Michel terrassa le dragon nazi, représenté par Hitler et Eichmann dont le prénom commun, Adolf, est voisin de Teufel (diable, en allemand). D'ailleurs, la vision de Saint Jean semble tout droit sortie de la bataille d'Angleterre. On dirait une grande bataille aérienne, où les pilotes de la Luftwaffe (rappelons que le dragon est un reptile volant) sont chassés du ciel d'Angleterre par les pilotes de chasse de la Royal Air Force : « Alors, il y eut une bataille dans le ciel : Michel et ses Anges combattirent le Dragon. Et le Dragon riposta, avec ses Anges, mais ils eurent le dessous et furent chassés du ciel » (Ap **12** 7-8). Saint Michel supplée ici Saint Georges, le saint patron de l'Angleterre, pour terrasser le Dragon car Georges terrasse le Dragon à cheval avec une lance tandis que Michel est ailé (donc il vole) et le terrasse avec une épée de feu, ce qui rappelle le fameux chasseur Spitfire (cracheur de feu) qui a effectivement terrassé le Messerschmitt nazi.

Après avoir préparée Jeanne dès l'âge de treize ans et l'avoir convaincue de sa mission, Gabriel Michael va réaliser en 1429, grâce à sa maîtrise du temps, une série de prodiges qui vont changer radicalement le cours de l'Histoire. Il faut d'abord convaincre Baudricourt, seigneur de Vaucouleurs, ville voisine de Domrémy, de donner à Jeanne une escorte pour rejoindre la Cour du Dauphin Charles à Chinon. Pour qu'il ne la considère pas comme une prétentieuse illuminée, Jeanne, après plusieurs essais infructueux, va lui apporter une information capitale (confiée par ses voix). Elle lui annonce, avant le messager du Dauphin, que les troupes de celui-ci viennent de perdre une bataille importante entre Paris et Orléans, probablement l'échec de Dunois à la bataille de Rouvray, dite aussi journée des Harengs (tentative d'interception d'un convoi de vivres des Anglais). Une fois rendue à Chinon, elle n'a aucune peine à identifier Charles (« je le connus entre beaucoup d'autres, par le conseil de ma voix qui me le révéla »), pourtant dissimulé dans la grande salle du château au milieu de trois cents courtisans (il aurait même échangé ses habits avec son cousin Bourbon). Elle avait fait de même à Vaucouleurs avec le sire de Baudricourt : « Mes voix me le firent connaître. » Ayant obtenu une rencontre privée le 9 mars, elle lui montre un « signe » divin (révélé par ses voix) qui achève de le convaincre.

Elle lui rappelle une prière qu'il avait prononcée en secret dans son oratoire au temps où sa propre mère Isabeau et le régent Bedford affirmaient qu'il n'était pas le fils de Charles VI, mais le bâtard adultérin que la reine avait eu d'un commerce avec son beau-frère le duc d'Orléans. Instruit depuis longtemps des débauches scandaleuses de sa mère, le pauvre Charles, que les Parisiens ne nommaient plus que « le soi-disant Dauphin », en fut troublé et en conçut une angoisse qui le rendit timoré. Dans sa prière à Dieu, « il lui requérait dévotement que si ainsi était qu'il fût vrai hoir (héritier) descendu de la maison de France et que le royaume justement lui dût appartenir, qu'il lui plût de lui garder et défendre. » Puis Jeanne lui confirme avec une singulière autorité et en le tutoyant (fait unique) son destin royal : « Je te dis de la part de Messire que tu es vrai héritier de France et fils du Roy. » Jusque là hésitant et peu sûr de sa légitimité, le Dauphin sort de l'entretien transfiguré et rayonnant de joie, selon les témoins de l'époque. Jeanne vient de gagner la guerre psychologique. La transfiguration du Dauphin Charles rappelle celle de Jésus sur le mont Tabor et signe l'intervention de Gabriel.

On a compris que Jeanne n'est pas une schizophrène et que les voix extérieures qu'elle entend sont artificielles. Tellement artificielles qu'elles peuvent être couvertes par le vacarme ambiant : « quelquefois je manque de la comprendre à cause des grands troubles de la prison et du bruit que font mes gardiens », dira-t-elle à propos de sainte Catherine à son procès. Même si elles ne s'adressent qu'à elle, elles pourraient être entendues d'autrui, contrairement aux voix d'un schizophrène. C'est peut-être la fonction de l'épée rouillée qu'elle préféra à celle offerte par le Dauphin et qu'elle fit déterrer derrière l'autel de la chapelle Sainte-Catherine de Fierbois. On peut se demander si une épée rouillée qu'elle n'utilisa jamais que du plat de la lame n'était pas plutôt un relais pratique entre Jeanne et ses voix, qu'elle était assurée d'emporter partout avec elle. On notera a contrario que ses voix se sont ralenties à partir de septembre 1429 lorsqu'elle brise sa lame sur le dos d'une prostituée à Saint-Denis. Charles VII, qui croyait dans la magie de cette épée, y vit un mauvais présage. D'ailleurs on n'imagine pas le terrible Gilles de Rais, monstre sanguinaire mieux connu sous le nom de Barbe-Bleue, ou bien La Hire, que les Anglais surnommaient « saint ire de Dieu » tant il était irascible, ses compagnons d'armes au siège d'Orléans, obéir à une schizophrène. Par contre, elle souffre d'anorexie mentale. Elle en a la frugalité, l'hyperactivité, l'aménorrhée (elle n'a pas de règles) et l'absence de libido. Elle est vierge (on la nomme la Pucelle), elle a peur du viol, dont elle sent la menace permanente au milieu des hommes dans la vie des camps, elle n'est pénétrée que par sa seule mission : « bouter l'Anglois hors de France ! »

La Pucelle est non seulement vierge, mais elle est prophétesse : elle devine l'avenir grâce à ses voix. Le 30 avril 1429, elle prédit à Glasdale, son ennemi d'Orléans qui la traitera le 5 mai de « putain des Armagnacs », qu'il mourra « sans verser le sang ». Il tombera tout armé le 7 mai dans la Loire lors de l'effondrement du pont des Tourelles et s'y noiera. Le 4 mai, après la prise de la bastille de Saint-Loup, elle promet que dans cinq jours le siège sera levé. Les capitaines, qui ne lisent pas comme elle l'Histoire de France à l'avance, ne pensent qu'à enlever les bastilles de la rive gauche pour être maîtres du pont et s'approvisionner en Sologne en vue d'un long siège. Le siège sera levé le 8 mai. La veille de la mort de Glasdale, elle prédit aussi : « Demain le sang me sortira du corps au-dessus de mon sein. » Le 7 mai, devant la bastille des Tourelles, un trait d'arbalète la transperce entre l'épaule et la gorge. Malgré ses souffrances, elle annonce à Dunois : « En nom Dieu, vous entrerez bien brief (bientôt) dedans, n'ayez doute ».

Au siège de Jargeau (11 juin), lors de la campagne de la Loire, elle conseille au duc d'Alençon de changer de place : « Sinon, dit-elle en désignant une bombarde de l'adversaire, cet engin te tuera. » Peu après, à la même place, un boulet tuait le seigneur de Lude. Le 18 juin, elle annonce la victoire de Patay : « Le gentil roi aura aujourd'hui la plus grant victoire qu'il eut pièça (de longtemps). Et m'a dit mon conseil (ses voix) qu'ils sont tous nôtres. » Bien que l'armée royale, pressée par Jeanne d'Arc, soit partie sans provisions ni artillerie, elle affirme devant les murs de Troyes : « Gentil roi de France, si vous voulez cy demeurer devant votre ville de Troyes, elle sera en votre obéissance dedans deux jours, soit par force ou par amour ; et n'en faites nul doute. » Le 10 juillet, le roi entre dans Troyes. Après le sacre de Reims, en juillet 1429, elle confie à Dunois : « Je durerai un an, guère plus. » Elle mourra brûlée le 30 mai 1431.

Sainte Catherine et sainte Marguerite lui annoncent le 15 avril 1430 à Melun qu'elle sera prise avant la Saint-Jean (24 juin). Le 13 mai 1430, la Pucelle vient soutenir Compiègne assiégée par le duc de Bourgogne (allié de l'Angleterre contre le roi de France) et la situation se complique pour Gabriel, car Montgomery et ses Anglais sont à Pont-L'Evêque (à 23 km de Compiègne).

Or, Gabriel sait qu'en 1559 un Montgomery sera le régicide involontaire (au tournoi de la rue Saint-Antoine) du roi Henri II et devra se réfugier en Angleterre, puis qu'un autre Montgomery débarquera en 1944 sur les plages de Normandie, à la tête de l'armée anglaise, pour délivrer la France de l'occupant nazi. Il le sait ou veut qu'il en soit ainsi, car la prophétie pour une fois assez claire de Nostradamus annonçant en 1555, dans un célèbre quatrain (I, 35), qu'un jeune lion (« Gabriel » de Montgomery) crèvera l'œil du vieux lion (Henri II) à travers la grille d'or de la visière de son casque, peut paraître suspecte.

Le lyon ieune le vieux surmontera,
En champ bellique par singulier duelle,
Dans cage d'or les yeux luy creuera,
Deux classes vne, puis mourir, mort cruelle.

Elle semble avoir été « postée » après coup comme, nous le verrons plus tard, Gabriel le fera avec la prophétie des papes. Il est d'ailleurs étrange que ni Nostradamus, ni ses contemporains n'aient relié son quatrain à l'évènement : c'est tout simplement parce qu'il n'existait pas encore. On peut même se demander pourquoi Gabriel de Montgomery, qui avait jusque là rompu ses lances *« d'une grande dextérité & adresse »* est devenu subitement *« mal habile »* et *« ne jecta pas, selon l'ordinaire coustume, le tronsson qui demeure en la main, la lance rompue, mais le porta tousjours baissé ; & en courant rencontre la teste du Roy, duquel il donna droict dedans la visière, que le coup haulsa, & luy creva ung œil »* (Mémoires du Maréchal de Vieilleville). Visière de casque non crochetée qui se hausse sous le choc de la lance sur l'armure, un tronçon de lance brisée qu'on ne jette ni ne relève, le tenant royal semble avoir été armé à la va-vite et l'assaillant fait preuve d'une soudaine impéritie (qui explique sa fuite immédiate après l'action). Rien ne vaut l'accomplissement d'une prophétie pour masquer un meurtre à la postérité.

Gabriel ne veut pas prendre de risque et la Pucelle est repoussée par les Bourguignons devant Pont-L'Evêque. Le 24 mai, elle projette encore de se porter contre Montgomery à Venette. Cette fois, c'en est trop : les Bourguignons la repoussent à Clairoix, puis la font prisonnière devant Compiègne dont le capitaine (Guillaume de Flavy) a fait lever le pont-levis et baisser la herse.

Ce pouvoir de divination vite compris (et diabolisé) par les Anglais, sa virginité synonyme de pureté, son activité au combat, son enthousiasme, sa détermination, sa simplicité, son naturel sans prétention, la protection divine dont elle semble bénéficier lui donnent un charisme exceptionnel et galvanisent les troupes que lui a confiées le Dauphin. Dans l'autre camp, elle exerce un effet castrateur : les Anglais n'on plus la force de bander leur arc et la troupe se débande. Le siège d'Orléans notamment est levé, renversement de situation proprement miraculeux après une succession de désastres de 1340 à 1415 (L'Ecluse, Crécy, Poitiers et Azincourt), et l'armée anglaise ne pourra franchir la Loire pour attaquer Chinon. C'est comme si l'équipe d'Angleterre de football (de balle-au-pied dans la Vraie Histoire) menait quatre à zéro contre l'équipe de France à dix minutes de la fin du match, que l'entraîneur de l'équipe de France faisait rentrer un remplaçant (une femme de surcroit) et que la France l'emportait finalement cinq à quatre !

Cet épisode de la Nouvelle Histoire est pourtant authentique, mais tellement magique et merveilleux qu'il devrait nous paraître massivement suspect (on dirait un match truqué) si nous ne savions que Gabriel Michael est aux commandes, derrière ce scénario de film fantastique. Il paraît cependant naturel aux historiens modernes, souvent incroyants et toujours incrédules, mais qui deviennent proprement incroyables lorsqu'ils tentent de faire de Jeanne d'Arc une simple « mascotte » pour l'armée du Dauphin ! Quant à Gabriel, on sent qu'il est pressé, car s'il est maître du temps il n'est pas maître de son horloge biologique et sa mission est loin d'être terminée. Il presse Jeanne d'en finir et lui en offre les moyens : cinq jours pour le siège d'Orléans, une semaine pour la campagne de la Loire. Ca sent la Blitzkrieg plutôt que la Guerre de Cent Ans : encore un anachronisme qui fleure bon l'ère moderne !

On pourrait croire que la mission de Jeanne se termine le 17 juillet 1429, lors du sacre du Dauphin Charles à la cathédrale de Reims, évènement très « *people* » où son étendard et ses parents sont à l'honneur. « Il avait été à la peine, c'était bien raison qu'il fût à l'honneur », dira-t-elle à Rouen. L'étendard de la Pucelle, c'est une véritable marque, dont la simple apparition provoque la reddition ou la fuite. C'est un concept de publicité moderne, comme Jésus et son célèbre logo (la Croix). Quant aux parents de Jeanne, le roi paye leur séjour à l'auberge de L'Ane rayé. Il ne manque plus que Léon Zitrone ou Stéphane Bern pour présenter l'évènement à la télévision. Le sacre de Reims, c'est le quatrième « *event* » organisé par Gabriel dans la Nouvelle Histoire qui nous choque par sa modernité, après la Capoue façon Saint-Tropez de 216 avant J.-C., la barque-yacht protégeant Jésus-superstar des foules qui le suivent jusqu'à la mer et le spectacle laser du Pont Milvius en 312. Ce sont ces anachronismes, quelques épisodes magiques de l'Histoire et l'ubiquité temporelle d'un personnage nommément cité qui doivent nous faire suspecter l'intervention d'un chrononaute, qui de toute façon n'est pas plus fantastique que les évènements décrits et a l'avantage d'apporter une explication logique, globale et cohérente.

La mission de Jeanne est bel et bien terminée, car ses voix l'abandonnent après le sacre de Reims (elles ne lui donnent plus d'instructions précises), mais son rôle historique ne l'est pas pour autant car Gabriel a prévu pour elle un destin cruel, qui n'est pas sans rappeler celui de Jésus. D'ailleurs, ses voix ne l'appellent-elle pas fille de Dieu et n'est-elle pas le Sauveur du royaume de France ? Ses voix lui demandent de ne pas tenter d'échapper à son destin, de ne pas sauter de la tour de Beaurevoir où les Bourguignons l'ont enfermée (elle le fera quand même de peur d'être livrée aux Anglais et s'y blessera), car « ainsi fallait-il qu'il fût fait ». Sainte Catherine lui dira même dans sa cellule à Rouen qu'il ne faut pas qu'elle se « chaille de son martyre » et l'encourage à se résigner. Ses voix la tanceront sévèrement après son abjuration (« par peur du feu ») le 24 mai 1431 : « Dieu te mande par nous la grande pitié qu'il a de cette grande trahison que tu as consentie, de faire abjuration et révocation pour sauver ta vie ! Tu t'es damnée pour sauver ta vie ! » Elle aura la force d'être relapse et de mourir sur le bûcher six jours après.

Comme avec Titus pour la destruction du Temple, Gabriel n'interviendra plus et laissera faire les Anglais. En perdant le soutien de ses voix, Jeanne perd sa baraka, court d'échec en échec et est finalement capturée par les Bourguignons devant Compiègne en 1430, puis rachetée par les Anglais. Dès lors, le modèle christique est en marche, avec le capitaine de Flavy (qui fait refermer les portes de Compiègne devant Jeanne qui bat en retraite) dans le rôle de Judas, le régent Bedford dans le rôle de Pilate et l'évêque Cauchon dans le rôle de Caïphe. La trahison de Judas-Flavy est mise en place dès le 17 août 1429 par Charles VII lui-même, lorsqu'il le dégrade de capitaine à lieutenant au profit du favori La Trémouille. Les rôles de Pilate et de Caïphe sont inversés, car c'est Bedford qui exerce d'importantes pressions sur le tribunal ecclésiastique chargé du procès. C'est lui qui conduira Jeanne en 1431 au supplice, où la croix romaine est remplacée par le bûcher anglais. Jeanne vivra sa Passion jusqu'au bout, puisque le bourreau ne l'étrangle pas, contrairement à l'usage, après l'avoir liée au poteau. Le piège de Gabriel se referme sur Bedford, qui vient de brûler une sainte. L'Anglais sera bientôt bouté hors de France (1453), comme l'avait prédit Jeanne, et le mythe de la perfide Albion est installé pour longtemps.

Jeanne d'Arc, de par son nom, nous rappelle l'Arche d'Alliance et nous annonce une future alliance entre la France et l'Amérique contre l'Angleterre, dans le but de permettre à l'Amérique de s'affranchir grâce aux Francs.

L'IMPOSTURE

L'Histoire de France contient beaucoup d'histoires à dormir debout, basées sur autant de « miracles » dont l'invraisemblance le dispute à l'absurdité. Au lieu de rendre les historiens soupçonneux, ceux-ci exultent et multiplient les exégèses et les ouvrages contradictoires. A croire, pour paraphraser Clémenceau, que l'Histoire est une affaire trop sérieuse pour être confiée aux historiens ! Et quand un secret d'Etat est bien gardé, il ne laisse que de fausses pistes, destinées à égarer les historiens. La seule piste qui ait quelque chance d'être vraie, il faut la chercher bien en amont du secret, c'est-à-dire dans la genèse non secrète de l'évènement qui va devenir secret. Gabriel, lui, a la possibilité grâce à sa machine de voir aussi en aval, et ce qu'il voit en 1638 n'est guère réjouissant.

Anne d'Autriche accouche le 5 septembre d'un garçon prénommé Louis, après 22 ans de mariage stérile avec le roi Louis XIII. Le problème, c'est que les « parents » ne se rencontrent plus depuis des années et que le probable père est le cardinal de Richelieu, comme nous le confirme un pamphlet anonyme publié à Cologne en 1696 : « Les Amours d'Anne d'Autriche, Epouse de Louis XIII avec Mr. Le Card. De Richelieu, le véritable Père de Louis XIV, aujourd'hui Roi de France, où l'on voit au long comment on s'y prit pour donner un héritier à la couronne, les resors (sic) qu'on fit jouer pour cela. » Le problème s'était déjà posé en mai 1402, quand l'infidèle Isabeau n'avait soupé avec Charles VI que les 14, 21 et 28 mai à l'hôtel Saint-Pol où elle séjournait, tandis qu'elle entretenait un commerce adultérin avec son beau-frère le duc d'Orléans. Jeanne d'Arc avait même dû rassurer le Dauphin sur sa légitimité (« tu es vrai héritier de France et fils du Roy ») alors que, si l'on compte bien, Charles VI n'avait au mieux (s'il avait honoré Isabeau à chacune de ces rencontres) qu'une chance sur dix d'être le père et son frère neuf chances sur dix. Gabriel a intérêt pour son propre pays (n'oublions pas que c'est un agent secret envoyé en mission) à entretenir le mythe de la filiation légitime, car le sang de Richelieu ne peut que revigorer la (fausse) dynastie des Bourbons et la prolonger jusqu'à ce que les Insurgents soient prêts à réclamer l'indépendance de la colonie américaine. Il va donc s'employer à réaliser le scénario du mythe, avec une précision médicale.

C'est dans la nuit du 5 décembre 1637, neuf mois jour pour jour avant l'accouchement, qu'il va déclencher un orage très violent comme on n'en voit pratiquement jamais en décembre à Paris. Gabriel ne sait pas déclencher de tempête de neige, mais l'électricité, ça, il connaît. Le roi vient de rencontrer rue Saint-Antoine sa maîtresse Louise de La Fayette, à laquelle le Cardinal a enjoint de se retirer au couvent Sainte-Marie de la Visitation le 19 mai 1637 pour cacher sa grossesse et mettre discrètement au monde un bâtard royal qui sera probablement baptisé Louis, au vu des prénoms de ses deux parents. Elle trahira son intimité avec le roi par ces mots d'adieu à la Cour : « Hélas, je ne le reverrai plus ! » Le protocole interdit en effet de désigner le roi par un prénom. Le scandale est évité pour Louis XIII, que l'on surnomme le Chaste, habituellement plus avare de sa semence, mais un autre se prépare.

C'est l'orage déclenché par Gabriel qui va permettre de l'éviter. Le roi a projeté d'aller coucher à Saint-Maur, de l'autre côté de Paris. L'orage redoublant, le capitaine des gardes convainc le roi de passer la nuit au Louvre, où loge la reine. Ses propres appartements étant démeublés depuis 13 ans, il n'a d'autre choix que de partager le lit de celle-ci. Bien qu'il ait, grâce aux bons soins de Louise, retrouvé l'usage de son aiguillette, la conception de Louis XIV reste cependant bien miraculeuse, car Louis XIII avait trois fois moins de chances que Charles VI et trente fois moins que Richelieu d'être le père du Dauphin. Dès que la grossesse de la reine est confirmée, il décide de consacrer le royaume de France à la Vierge Marie, qui elle aussi (selon les saintes Ecritures) a conçu miraculeusement Jésus. C'est depuis 1638 que le 15 août, fête de l'Assomption de la Vierge, est férié et chômé en France. La fête française est donc une allégorie ironique de la prise du pouvoir par Anne d'Autriche (représentée par la Vierge Marie) et le cardinal de Richelieu (représenté par le Saint-Esprit) à travers le futur roi Louis XIV (représenté par Jésus), où Louis XIII se représente lui-même par Joseph. En lui donnant Dieudonné comme second prénom, le roi montre à quel point il sait que c'est Dieu qui lui a donné cet enfant qui n'est pas le sien. Et comme Gabriel est la « force de Dieu »…

Il faut savoir que si Louis XIII avait à ce point peur des femmes, c'est qu'il est le fils de la redoutable Marie de Médicis, mère castratrice qui le considère comme quantité négligeable et ne lui manifeste aucune affection. L'amour, il le trouve auprès de son père, Henri IV, qui lui demande de l'appeler papa et non Monsieur comme le veut l'usage. Il est donc particulièrement fragilisé par son assassinat en 1610, alors qu'il n'a que 8 ans. Les favoris italiens de sa mère le méprisent et le relèguent dans un coin du Louvre. Sa mère le marie de force à 14 ans à Anne d'Autriche, infante d'Espagne, et lorsqu'il prendra enfin le pouvoir sa mère lèvera une armée contre lui, qu'il devra défaire à la bataille des Ponts-de-Cé.

La comparaison est tentante avec Henri II, roi de France au siècle précédent : il perdit sa mère à 5 ans, fut marié lui aussi à 14 ans (à Catherine de Médicis) et ne connut vraiment l'amour (avec Diane de Poitiers, de 20 ans son aînée) et n'eut son premier enfant (Diane de France) qu'à 19 ans, puis son premier enfant légitime à 25 ans grâce à son médecin (Fernel), qui lui conseilla le *coitus more ferarum* (« comme les animaux le font » ou « levrette ») pour compenser les effets de son hypospadias. Tous les éléments de la névrose sont en place : une anomalie honteuse, la perte précoce de l'amour maternel, un mariage précoce et peu ou pas consommé, une fécondité tardive. Là aussi, la thérapie viendra d'une femme, certes très belle, mais qui a surtout l'âge d'être sa mère et à qui il restera particulièrement fidèle.

Alors, quand Louis rencontre en février 1635 la jeune, belle et maternante Louise de La Fayette, il sait qu'il a rencontré la femme de sa vie, celle qui va remplacer la mère douce, aimante et attentive qu'il n'a jamais eue, celle qui va révéler sa virilité en le rassurant et en l'admirant sincèrement. Elle seule sait l'écouter pendant des heures, le réparer, calmer ses angoisses, le bercer avant de s'offrir à lui. Elle a trouvé instinctivement la clé qui ouvre la sexualité perturbée du roi, en passant par l'enfant mal aimé et traumatisé qui en interdisait l'accès. Elle a adopté l'enfant intérieur pour accéder au corps du roi adulte. Elle a compris et soigné la névrose de son royal amant, là ou d'autres avaient seulement provoqué en vain ses pulsions animales. Elle n'est pas seulement la favorite, elle est la thérapeute qui va réveiller par ses dons la galanterie trop longtemps retenue du fils d'Henri IV. Il continuera d'ailleurs à lui rendre visite deux fois par semaine au parloir de son couvent, comme un patient consulte son psychanalyste.

Mais la raison d'Etat aura deux funestes conséquences sur cet amour analytique. Richelieu, qui s'accommode parfaitement de la névrose du roi, ne peut tolérer qu'il soit dépendant d'une autre que lui (d'autant plus que la famille de Louise lui est hostile) et encore moins qu'il engendre un héritier, fût-il bâtard, qui mettrait en lumière la stérilité du couple royal. Le vrai Louis (vrai fils du Roy, aurait dit Jeanne) va naître le premier. Louis Dieudonné va naître après, le 5 septembre 1638. L'éditorialiste Tallemant des Réaux écrit que le roi considéra son fils d'un œil froid, puis se retira. Il n'est pas dupe, mais le peuple en liesse y

Nez Bourbon ou nez Richelieu ?

croit, la Cour fait semblant d'y croire et il sait que la naissance d'un Dauphin officiel va éloigner les complots de sa personne, notamment ceux de son frère Gaston, duc d'Orléans, qui perd son statut d'héritier présomptif, et les limiter à ceux qui veulent prendre la place de Richelieu.

La deuxième conséquence est plus tardive. L'enfant de l'amour sait qui est sa mère, mais ignore tout de son père. On peut craindre cependant pour lui qu'il fut tout le portrait de son père et, en grandissant, il finira par apprendre que sa mère fut un temps la favorite de Louis XIII. On ne sait à quel âge l'idée germa en lui de sa royale ascendance, mais on devine que, malgré les conseils de prudence, il s'en ouvrit à qui voulait bien l'entendre et que ces fâcheux commérages parvinrent aux oreilles du roi ou de la police du roi. Ce fut sans doute un choc pour le jeune Louis XIV, car la révélation d'un bâtard royal si ressemblant pouvait l'amener à s'interroger lui-même sur l'origine de son second prénom et sur sa propre ressemblance avec le défunt Cardinal. En effet, le fameux nez Bourbon, long et convexe, ne devrait-il pas mieux s'appeler le nez Richelieu ? Il suffit pour s'en convaincre de comparer les portraits de profil des deux personnages exécutés par les peintres du siècle. Une brève entrevue acheva-t-il de convaincre le roi que ces folles prétentions avaient un parfum de vraisemblance, toujours est-il que le danger pour la dynastie était grand car la lignée elle-même était remise en question.

La Fronde des Grands du royaume, puis la menace d'être considéré comme un usurpateur le conduisirent à façonner l'image de Louis le Grand ou mieux, du « Roi-Soleil », que l'on prit pour de la mégalomanie, et à l'affirmation d'un pouvoir absolu qui compensait une filiation qu'il savait toute relative. Le scandale que Gabriel avait étouffé une première fois par la fameuse nuit du

5 décembre 1637 sera étouffé une deuxième fois par Louis XIV lui-même et de façon radicale, puisque Voltaire nous apprend, dans Le Siècle de Louis XIV publié en 1751, qu'un « homme au masque de fer » a été arrêté en 1661 et ne sera jamais relâché ni identifié avant sa mort. Le vrai Louis a alors 24 ans, il n'a pas été exécuté par respect dû à son rang, le gouverneur à qui il a été confié lui rend d'ailleurs « des respects infinis », mais il porte un masque pour cacher sa ressemblance frappante avec Louis XIII, dont le visage est encore dans toutes les mémoires. Il sera incarcéré successivement à la forteresse de Pignerol, au fort d'Exilles, à l'île Sainte-Marguerite (au large de Cannes) et enfin à la Bastille, où il mourut en 1703. Quant aux de La Fayette, après le sacrifice de Louise, ils donnèrent encore un des leurs à la cause américaine, puisque le marquis de La Fayette précéda de trois ans les troupes de Rochambeau et devint un héros de la guerre d'indépendance.

LES LUMIERES

On voit se dessiner la stratégie de Gabriel qui, en séparant définitivement les royaumes de France et d'Angleterre, prépare un nouveau destin pour l'Amérique. La France indépendante aidera l'Amérique à gagner son indépendance bien avant les années 1940, comme ce fut le cas dans la Vraie Histoire. Trop tard pour battre des Soviétiques grands triomphateurs de la Deuxième Guerre mondiale, avaient diagnostiqué les experts du Pentagone ! L'indépendance de l'Amérique devait être obtenue beaucoup plus tôt, fut-ce au prix d'une guerre avec l'Angleterre et en renonçant aux colonies canadiennes. L'Hexagone au secours du Pentagone et les Francs (franc veut dire libre en vieux français) au secours de Franklin : Benjamin Franklin, pas Franklin Roosevelt, le premier Président dans la Vraie Histoire. Signataire de la déclaration d'indépendance en 1776, il devient le premier ambassadeur des Etats-Unis à la cour du roi de France et signe le traité d'alliance avec la France en 1778. La France envoie 123 vaisseaux de la Marine royale et 35 000 hommes. Si Louis XV avait dépensé autant d'argent que Louis XVI en mit pour se venger, la France n'aurait pas perdu la Nouvelle-France (Québec) en 1763. Pire, après la défaite des Anglais, 40 000 loyalistes américains (à la Couronne britannique) vont émigrer au Québec sur une population de 90 000 francophones et créer le Canada anglais ! Mais l'enjeu stratégique était cette fois beaucoup plus important pour l'avenir de nos deux pays. La Fayette est blessé en 1777 à la bataille de Brandywine sous les ordres de Washington et Rochambeau défait Cornwallis à Yorktown en 1781. Avec l'escadre de l'amiral De Grasse qui bloque la baie de Chesapeake et empêche toute fuite des Anglais par la mer, et l'artillerie précise du colonel d'Aboville, c'est la première grande opération combinée de l'histoire des Alliés (infanterie, cavalerie, artillerie et marine). Le très francophile Jefferson déclare après la bataille que « chaque homme a deux patries, son pays et la France ». C'est à Yorktown, première bataille moderne, que l'Amérique prépare sa victoire sur le Japon et l'Union soviétique. Franklin peut alors signer le traité de Paris en 1783 : les Anglais reconnaissent *free* (libres en anglais) les colonies américaines, libérées avec l'aide des descendants des Francs (hommes libres).

Bataille de Yorktown (Auguste Couder).

Le vent de la liberté ne s'arrêtera pas là et soufflera aussi en France, où la crise de la monarchie est aggravée par le coût de la guerre d'Indépendance américaine : un milliard de livres tournois, soit l'équivalent aujourd'hui de huit milliards d'euros. Louis XVI doit convoquer les états généraux pour réformer les impôts, ce qui provoquera la Révolution française (1789) et conduira à sa propre décapitation (1793). La mort de Louis XVI, curieusement votée à une voix de majorité par les députés de la Convention (361 voix sur 721), et la fin de la monarchie font partie du plan de Gabriel car elles ont un triple avantage pour l'Amérique. Elles séparent définitivement les régimes politiques de part et d'autre de la Manche, elles serviront de prétexte aux Américains pour ne plus rembourser les énormes sommes dépensées par la France pour assurer leur indépendance (qu'ils rembourseront plus tard sur les plages de Normandie) et elles ouvrent la voie aux coûteuses guerres napoléoniennes qui obligeront la France à vendre la Louisiane (le dernier service de Louis) aux jeunes Etats-Unis. Napoléon fera rouler aussi le monde à droite (sauf les trains que les Anglais seront les premiers à faire rouler), ce qui insularisera encore un peu plus l'Angleterre. On y voit encore la main de Gabriel, pas seulement à cause du triple mobile du crime, mais aussi à cause de la répétition de plus en plus suspecte du scenario christique : Louis en est la troisième victime, après Jésus et Jeanne. Il est lui aussi un Sauveur, le Sauveur de l'Amérique !

Nous avons cette fois Philippe Egalité, anciennement duc d'Orléans et cousin du prévenu, dans le rôle du traître qui vote la mort du roi alors que sa parenté lui aurait permis de se récuser. La rumeur dit que ce vote infâme, que l'on connaît parce que le scrutin fut nominal et à voix haute, et qui perdit le roi (condamné à une voix de majorité), dégoûta jusqu'à Robespierre. Même les « tricoteuses » dans les tribunes sont horrifiées. Le prince jaloux croit sauver sa tête, il s'ouvre en réalité le chemin de l'échafaud (il sera exécuté par la suite, comme l'ont été Judas et Flavy). Nous avons aussi Robespierre dans le rôle de Caïphe qui, au nom des Montagnards extrémistes, réclame en 1792 devant la Convention (le prétoire de Pilate) l'exécution de Louis XVI qu'il accuse, pour la première fois dans l'Histoire, de crime contre l'humanité. Nous avons enfin l'échafaud et la guillotine (après la croix romaine et le bûcher anglais) qui vont jeter pour longtemps l'opprobre sur les Montagnards, ces précurseurs de la Commune et plus tard du communisme, et sur la Terreur qui les accompagna. Louis vivra lui aussi sa Passion jusqu'au bout, si l'on en croit ce que raconte Mercier dans *Le Nouveau Paris* : « est-ce bien le même homme que je vois bousculé par quatre valets de bourreau, déshabillé de force, dont le tambour étouffe la voix, garrotté à une planche, se débattant encore, et recevant si mal le coup de la guillotine qu'il n'eut pas le col mais l'occiput et la mâchoire horriblement coupés ? » Malgré sa discrétion, on sent la présence de Gabriel qui, avec les temps modernes, se mue en agent secret (ce qui est sa véritable profession) et non plus en envoyé proclamé d'un Dieu qu'il a lui-même inventé.

L'exécution de Louis XVI.

La Guerre d'Indépendance sera tragiquement suivie en 1861 par la Guerre Civile américaine, qui ne se produisit pas dans la Vraie Histoire parce que l'Amérique du Nord était une colonie de la Double Couronne, dont le Parlement abolit l'esclavage dans l'Empire Franco-Anglais en 1833. Mais Gabriel sait que la Pax Normana conduira beaucoup plus tard à la destruction finale et, pour prévenir ce destin fatal, il a besoin d'une armée capable de mener une longue guerre sur une grande échelle et pas seulement des escarmouches ou de petites batailles contre les Indiens sauvages. En d'autres mots, Gettysburg sera plus significatif sur un plan militaire que Little Big Horn. Il a besoin d'une grande Armée Américaine (et d'une Marine) à la fois forte et professionnelle, capable de combattre pour une abstraction (esclavage, nazisme, communisme) et pas seulement de protéger son chez soi de l'envahisseur comme le fit l'Armée Sudiste, en visant et en préparant les prochaines guerres contre les Allemands et les Russes. C'est pourquoi, ajouté à la nécessité de conserver une grande nation unie, le Sud n'avait pas le droit de gagner la Guerre de Sécession, bien que les Confédérés auraient pu la gagner dès la première bataille de Manassas en 1861, à seulement 40 km de Washington.

Connue comme la déroute de Bull Run, le modèle de cette bataille rappelle étrangement celui de la bataille de Cannes chez les Romains. Juste après le désastre de l'Union, le général de brigade Jackson – comme Maharbal – voulait poursuivre et détruire ce qu'il restait de l'armée Yankee et prendre Washington, qui était faiblement fortifiée, avec son Capitole – comme la colline du Capitole à Rome –, son Sénat – comme le Sénat romain – et son blason en forme d'aigle – comme les aigles de la République romaine –, mais le général Johnston – comme Hannibal – ne l'écouta pas. Il restait pourtant deux heures de jour et les Confédérés auraient même pu faire mouvement au clair de lune car la lune était presque pleine. La cause de l'Union aurait été irrémédiablement perdue, et bien au-delà la cause du monde libre aussi. Par la suite, depuis le fameux dessin de Nast publié dans le magazine Harper en 1874, l'éléphant a symbolisé le parti républicain tombant dans le piège tendu en ce temps-là par les démocrates, mais il symbolise plus secrètement Hannibal (bien connu pour son utilisation des éléphants) tombant dans le piège tendu par la démocratie romaine (les délices de Capoue).

Avant la fin de la guerre, Lincoln fut de tous le plus près de comprendre ce qui arrivait entre le Sud et le Nord. Au moment de délivrer sa seconde déclaration inaugurale, il était conscient qu'il servait un but qui dépassait de loin sa compréhension. « Tous deux, disait-il, lisent la même Bible et louent le même Dieu, et chacun invoque Son aide contre l'autre. (…) Le Tout-Puissant a Ses propres buts. » Que nous pourrions traduire ainsi : tous deux louent le même Dieu, qui fut introduit par Gabriel. Il fut envoyé dans le passé par le tout-puissant Président américain dans les années 2040, qui avait en effet ses propres objectifs d'urgence. En d'autres termes, la mission de Gabriel donne enfin un sens à la guerre de Sécession.

Les fameuses coïncidences entre l'assassinat de Lincoln (1865) et celui de Kennedy (1963) sont dues à la loi d'inertie temporelle, parce que Lincoln fut le premier Président américain assassiné dans la Nouvelle Histoire et Kennedy fut le premier dans la Vraie Histoire. Ainsi la Nouvelle reprend par inertie les caractéristiques de la Vraie : les deux Présidents furent tués d'un coup de feu dans la tête tiré par derrière, un vendredi en présence de leurs femmes. Lincoln fut assassiné dans la loge Kennedy au théâtre Ford et son successeur fut Andrew Johnson. Kennedy fut assassiné dans une Lincoln fabriquée par Ford et son successeur fut Lyndon Johnson. Enfin et ce n'est pas le moindre, les deux Présidents étaient préoccupés par les problèmes des Nègres (comme on disait à l'époque) : Lincoln signa la Proclamation d'Emancipation en 1862 et Kennedy présenta ses rapports au Congrès sur les Droits Civils en 1963.

Moins bien connue fut la tentative d'assassinat du Secrétaire d'Etat William Seward la même nuit que l'assassinat de Lincoln. Quelques jours plus tôt, Seward avait été blessé dans un accident de voiture (à chevaux), souffrant en particulier d'une double fracture de la mâchoire, pour laquelle les Docteurs improvisèrent une éclisse à mâchoire. Cela nous rappelle étrangement des situations modernes avec des gens blessés dans un accident de voiture, souffrant d'un coup du lapin et portant une minerve. En fait, l'éclisse protégea le cou de Seward de l'attaque au couteau du meurtrier, qui avait pénétré par ruse dans sa maison à Washington. Son visage fut balafré définitivement par la lame du poignard de type Bowie, mais il était vivant. Heureusement, parce qu'il n'avait pas complètement fini le travail de toute une vie pour son pays, qui était d'acheter l'Alaska aux Russes quelques années plus tard (la folie de Seward) et de prévenir, ajouté à la Californie et à Cuba, un futur encerclement de l'Amérique par les Soviétiques et leurs fusées menaçantes.

FATIMA

Gabriel a compris qu'il ne peut plus intervenir directement, sous forme de voix ou même de scénario. Depuis la Renaissance et surtout le siècle des Lumières, le public averti est moins crédule et plus porté à la critique. Il ne va pas pour autant renoncer à la mise en scène. Il a déjà lancé une jeune première en 1531 près de Mexico. La Vierge Marie sera désormais l'envoyée, beaucoup moins compromettante, d'un Dieu tout-puissant qu'il a façonné depuis l'Exode dans l'inconscient collectif. Devant le succès, qui le surprend lui-même, de l'apparition mariale au Nouveau Monde, Gabriel décide d'en organiser une autre, en une année décisive (1917), du vieux côté de l'Atlantique. Il choisit la petite ville de Fatima au Portugal, à la jonction des influences chrétienne et islamique (Fatima était la fille préférée de Mahomet). Le message se veut donc quasi-universel. Fatima est située de plus dans le district de Santarém, proche de son nom (Santorum).

Techniquement, l'apparition est un hologramme en 3D visible uniquement de face, sans lunettes polarisantes, et à une distance optimale. Comme il s'agit d'une projection lumineuse, la douce Dame, qui ressemble bien entendu à celle de Guadalupe dont l'image a été conservée sur le *tilma*, ne peut elle-même projeter d'ombre. Elle apparaît donc à midi heure solaire, au moment où l'ombre portée est la plus faible, pour cacher sa véritable nature aux trois enfants. Elle leur recommande bien sûr de revenir chaque mois à la même heure : « Je suis venue vous demander de venir ici à la même heure, le 13 de chaque mois, six mois de suite jusqu'en octobre. » Le problème ne s'est pas posé à Lourdes en 1858, où l'apparition eut lieu dans une grotte et non pas à ciel ouvert. Celle-ci doit avoir lieu à ciel ouvert, car elle se clôturera le 13 octobre 1917 par un spectacle visible de tous, destiné aux 50 000 personnes que le bouche-à-oreille et la presse ont attiré pour cette ultime représentation.

Là, c'est la soucoupe de Gabriel qui entre en scène pour la fameuse « danse du soleil ». Elle chasse d'abord les nuages et la pluie par le souffle d'air ionisé qui la maintient en suspension (« les nuages se déchirèrent »), puis se place devant le disque solaire dont les témoins notent avec surprise qu'ils peuvent le regarder en face sans être aveuglés (« comme un disque d'argent mat »). Elle tourne sur elle-même comme l'exige le mouvement gyroscopique qui lui permet de se stabiliser sur son axe. Gabriel ajoute un effet boite de nuit, comme il l'avait fait avec la lumière noire sur le mont Tabor, en utilisant un nouvel éclairage de fête : un changeur de couleur tournant pour projecteur, qui devient pour les témoins de l'époque « une roue de feu d'artifice, prenant toutes les couleurs de l'arc-en-ciel ». Ou encore : « la lumière du soleil changeait de couleur, on eût dit qu'elle traversait les vitraux d'une cathédrale ». Ensuite, comme tous les ovnis de forme discoïdale lorsqu'ils cherchent à atterrir, elle chute maladroitement en feuille morte (mouvement pendulaire) vers les spectateurs. Ils la confondent avec le soleil, qu'ils croient voir danser et se rapprocher d'eux dangereusement : « le soleil se précipitait vers la terre en zigzaguant dans le ciel ». Puis Gabriel interrompt la chute de son engin et s'éclipse brusquement, laissant les spectateurs à nouveau éblouis par le vrai disque solaire. Ceux-ci constatent que le sol boueux et leurs vêtements trempés par la pluie ont séché, sous l'effet combiné de la chaleur du soleil et, ils ne le savent pas, du souffle d'air de la soucoupe de Gabriel (un effet sèche-cheveux en quelque sorte).

La date du 13 octobre 1917 n'est pas choisie au hasard, car elle annonce la Révolution d'Octobre en Russie qui verra la prise de pouvoir des bolcheviques le 25 octobre (calendrier julien), en réalité le 7 novembre dans le calendrier grégorien. Là commence, après une longue préparation en amont, la guerre directe de Ga-

Le soleil de Fatima. La pellicule n'est pas surexposée par le disque solaire, car la soucoupe de Gabriel (tâhe sombre) fait écran.

briel contre le pouvoir soviétique qui un jour menacera son pays dans la Vraie Histoire, celle qui s'est déjà déroulée et s'est terminée en catastrophe pour l'Amérique. Dès l'apparition du 13 juillet, la Vierge annonce implicitement la déchristianisation de la Russie bolchevique, puisqu'elle espère déjà sa future reconversion (qui signera la victoire définitive de l'Amérique) : « Si l'on écoute mes demandes, la Russie se convertira et on aura la paix ; sinon, elle répandra ses erreurs à travers le monde, provoquant des guerres et des persécutions contre l'Eglise. Les bons seront martyrisés, le Saint-Père aura beaucoup à souffrir, plusieurs nations seront anéanties. A la fin mon Cœur Immaculé triomphera. Le Saint-Père me consacrera la Russie qui se convertira ».

Elle annonce la fin de la guerre en cours, mais elle annonce aussi déjà la prochaine, car « sous le pontificat de Pie XI en commencera une autre pire encore. Quand vous verrez une nuit illuminée par une lumière inconnue, sachez que c'est le grand signe que Dieu vous donne qu'Il va punir le monde de ses crimes, par le moyen de la guerre ». Le 25 janvier 1938, de 18h30 à 21h30, une aurore boréale d'une ampleur exceptionnelle sillonnait le ciel de l'Europe occidentale jusqu'au Sud de l'Europe et au Maroc (elle fut aperçue jusqu'à 28° de latitude Nord). Quelques mois plus tard, l'armée allemande entrait en Autriche pour l'annexer et la terrible agression hitlérienne commençait.

Elle décrit aussi l'agonie du dernier pape : c'est le 3e secret de Fatima, révélé par le Vatican en 2000. Les enfants voient passer sur un écran de télévision (« un miroir »), à côté de Notre-Dame, un Evêque vêtu de blanc. Le Saint-Père traverse une grande ville à moitié en ruine, il trouve des cadavres sur son chemin, il est tué enfin par un groupe de soldats qui tirent plusieurs coups avec une arme à feu. En fait, ce que les enfants voient c'est ce qui se serait passé si la Russie communiste ne s'était pas reconvertie au christianisme et, notamment, l'invasion de Rome par l'Armée Rouge et la mort du dernier pape, abattu par une rafale de kalachnikov. Cette description correspond aussi à la 112e prophétie de saint Malachie, qui décrit la fin de Petrus Romanus (le dernier pape) et la destruction de la cité aux sept collines (Rome). Nous y reviendrons.

LA NOUVELLE STRATEGIE
(EPOQUE MODERNE)

Fatima annonçait la Deuxième Guerre mondiale et la menace soviétique. Gabriel n'allait rien faire pour freiner la montée du nazisme, qui devait faire fuir de plus en plus de Juifs ashkénazes vers les Etats-Unis, et tout faire pour freiner l'expansion soviétique qui, il le savait, détruirait à terme son propre pays. Son intervention allait se dérouler sur deux terrains très différents : l'une sur le terrain des services secrets britanniques, l'autre sur le terrain plus inattendu mais non moins déterminant du Vatican.

La mission militaire de Gabriel est d'abord d'empêcher la mort de milliers de soldats alliés le 6 juin 1944 mais aussi, et c'est plus surprenant, la mort d'Hitler le 20 juillet 1944. Pour cela, il doit d'abord apprendre l'anglais, car souvenons-nous qu'il ne parle que le franco-normand, langue officielle du

Double-Royaume et la plus répandue dans son Histoire. Il doit aussi apprendre l'italien, car sa nouvelle stratégie commence par l'assassinat d'un Pape. Les Papes assassinés sont faciles à repérer, car leur successeur reprend leur nom, dans une sorte de pseudo-hommage déculpabilisant, en y ajoutant un chiffre. Il en va ainsi de Pie XI, assassiné puis remplacé par Pie XII, et de Jean-Paul Iᵉʳ, assassiné encore plus rapidement et remplacé par Jean-Paul II.

Pie XI meurt opportunément le 10 février 1939. Il laisse la place à un Pape plus prudent, moins ouvertement antinazi, qui surtout fermera les yeux sur la Shoah, censée faire fuir les Juifs ashkénazes toujours plus à l'Ouest et si possible en Amérique. Il en aurait été tout autrement avec Pie XI, s'il avait vécu, qui avait déjà fait lire le 21 mars 1937 une encyclique antinazie (*Mit brennender Sorge*) dans toutes les églises d'Allemagne et fait publier le 3 mai 1938, le jour de l'arrivée d'Hitler en voyage officiel à Rome, une condamnation en huit points du racisme et du culte de l'Etat. Il préparait un discours dénonçant les persécutions raciales par les nazis et la marche vers la guerre de l'Italie fasciste, qui devait être prononcé pour le dixième anniversaire du Concordat entre l'Italie et le Vatican en présence de Mussolini, lorsqu'il mourut dans la nuit précédant son discours. C'en était trop pour Benito, mais aussi pour Gabriel, qui avait grand besoin des persécutions nazies pour faire fuir les Juifs en Amérique. Ce sera la quatrième fuite de Juifs programmée par Gabriel depuis l'Exode, la Diaspora et la « Fuga », et la première d'Ashkénazes, que j'appelle le « Flucht » à cause de son point de départ allemand. Il ne fit donc rien pour empêcher le Pr Petacci, médecin du Vatican et père de Clara Petacci, la maîtresse du Duce, d'administrer une injection mortelle à un Pape aussi encombrant. Il ne fit rien non plus pour empêcher l'élection du cardinal Pacelli, camerlingue diplomate qui s'était empressé de détruire le discours du Pape décédé, face au cardinal Maglione, jugé plus ferme avec l'Allemagne. Il devra s'employer plus activement pour l'élimination express de Jean-Paul Ier et s'entourer à cette occasion de complices… américains !

Gabriel va d'abord remporter deux succès stratégiques, au début de la Deuxième Guerre mondiale, qu'il a longuement préparés depuis des siècles. Le premier fut le succès du rembarquement des troupes anglaises à Dunkerque, facilité par la séparation des deux royaumes, et la poursuite immédiate de la guerre. Dans la Vraie Histoire, il n'y a pas de capitulation de la France, de zone libre, de bombardement de la flotte française à Mers el-Kébir et le général de Gaulle est un général franco-anglais comme les autres. La Cour fuit à Bordeaux, puis se réfugie à Londres, le Double-Royaume se réorganise lentement autour de l'Angleterre rescapée du désastre et de l'Empire colonial. Le deuxième succès stratégique, déterminant celui-là, est l'entrée en guerre des Etats-Unis d'Amérique dont Gabriel a considérablement avancé la déclaration d'indépendance, avec l'aide de la France, dans cet unique but, alors que dans la Vraie Histoire l'Amérique du Nord profite de l'invasion nazie pour gagner son indépendance et n'intervient pas dans le conflit européen. La face de la guerre et surtout la future issue de la guerre froide en sont changées.

En 1943, le quartier général des services de renseignements britanniques intercepte les messages radio des Allemands et possède même un exemplaire d'Enigma, la machine de cryptage qui équipe l'armée allemande, mais pas la machine de Lorenz qui sert à coder les messages hypersensibles échangés entre Hitler et ses généraux. Gabriel sait que Thomas Fleurs (Tommy Flowers dans la Nouvelle Histoire) a fabriqué le premier calculateur électronique, binaire et programmable capable de déchiffrer les messages cryptés par la machine de Lorenz et baptisé Le Colosse (Colossus dans la Nouvelle Histoire) à cause de ses dimensions imposantes, mais il sait aussi que dans la Vraie Histoire il ne fut pas prêt à temps. En effet, le 31 mai 1944 la première machine est prête, mais un défaut mystérieux, sans doute une oscillation parasite entre les appareils de chauffage et quelques-uns des 1 500 tubes à vide, l'empêche de fonctionner. Estimant qu'Hitler s'attend à un débarquement en Normandie depuis le précédent du raid de Dieppe en 1942, Montgomery décide de débarquer le 6 juin dans le Pas-de-Calais. C'est là qu'interviendra Gabriel dans la Nouvelle Histoire, dans la nuit du 31 mai au 1er juin 1944, après le départ des techniciens épuisés de l'équipe de mise en service, rentrés chez eux prendre quelque heures de sommeil. Vers 3 heures du matin, Chandeleur (Chandler dans la Nouvelle Histoire) qui avait été laissé seul pour travailler sur le problème doit prêter attention à la fuite d'eau d'un tuyau de radiateur qui menaçait directement la base du Colosse. Grâce à la diversion, Gabriel remplace rapidement les quelques tubes à vide défectueux par des transistors modernes et, quand les techniciens arrivent sur le site à 8h30 le

Colossus.

lendemain matin, ils trouvent la machine en service ! Plus tard, la découverte compromettante des transistors remplaçant des tubes conduisit Churchill à détruire la machine à la fin des hostilités, au lieu de la passer dans le domaine public pour de la recherche scientifique ou de la conserver dans un Musée de la Guerre. Incidemment, cela implique que le MI6 et peut-être d'autres services de renseignement sont au courant de cette intervention du futur.

La synthèse des décryptages du Colosse montre rapidement qu'Hitler ne croit pas à un débarquement sur les plages normandes et qu'aucun renfort, notamment la 11e division blindée et ses redoutables chars Tigre, n'y sera envoyée de crainte d'une opération de diversion masquant le vrai débarquement à venir dans le Pas-de-Calais. Devant ces informations capitales, Eisenhower décide de débarquer en Normandie. C'est peut-être pourquoi Churchill nomma l'opération Overlord (Overlord est le Seigneur au-dessus des Seigneurs) plutôt que Mothball (boule de naphtaline) comme le proposait le Bureau interservices de sécurité, pas seulement parce que c'était plus médiatique, mais aussi parce qu'il savait que quelqu'un d'autre conduisait les Seigneurs de la guerre, essentiellement lui et Roosevelt, à la victoire.

La vie d'Adolf Hitler, dans la Vraie Histoire, s'arrêta le 20 juillet 1944 dans la salle des cartes de son quartier général en Prusse-Orientale, au plus grand profit de la Russie soviétique et au détriment des armées de la Double Couronne qui, après un débarquement difficile sur les côtes du Pas-de-Calais, durent en plus faire face à un Rommel triomphant. Pour éviter une issue fatale à l'attentat du 20 juillet, Gabriel pensa que le mieux était de l'organiser. Il se transforma donc en agent du SOE (services secrets anglais) et fournit lui-même à Stauffenberg une bombe anglaise qui ne devait que partiellement exploser. Le malheureux conjuré ne savait pas que sa bombe n'était faite que pour blesser, pas pour tuer. Le deuxième avantage, c'est que Rommel était impliqué dans l'attentat et fut contraint au suicide le 14 octobre 1944. Hitler débarrassait lui-même les Alliés du seul chef de groupe d'armées capable de les arrêter ou de les ralentir à l'Ouest, alors que celui-ci avait survécu au mitraillage de sa voiture par un Spitfire près du village de Sainte-Foy-de-Montgommery (ça ne s'invente pas) le 17 juillet 1944. Il allait même faciliter leur avance en attendant obstinément le débarquement principal dans le Pas-de-Calais et en ne concentrant pas ses fusées V1 et V2, ses Me362 à réaction et ses chars Tigre sur le vrai débarquement allié de Normandie. Hitler pouvait par contre continuer à freiner l'avancée des Soviétiques à l'Est et Gabriel l'avait instrumentalisé à son insu, commençant déjà la guerre froide avec l'anticipation que lui conférait son vécu de la Vraie Histoire et que seul Patton (en visionnaire) avait partagée publiquement à cette époque.

Le plan stratégique à très long terme que Gabriel avait mis sur pied dès le début de sa mission et qui lui avait servi de fil conducteur tout au long de sa manipulation de l'Histoire allait enfin pouvoir se réaliser avec le Manhattan Project, porté par les physiciens juifs d'Europe que Gabriel avait poussé à émigrer aux Etats-Unis. Fuyant l'holocauste, 31 savants juifs dont 26 chassés d'Europe par les persécutions nazies (même la femme du catholique italien Fermi était juive) seront réunis dans ce projet qui aboutira à l'explosion de la première bombe A. Même le choix de Manahttan n'est pas dû au hasard, car ce district de New York est peuplé de 243 000 Juifs. Depuis les Marranes de Nieuw Amsterdam (avant que le duc d'York ne mette le siège devant Manhattan et l'échange au traité de Breda contre l'île de Banda dans l'archipel des Moluques) en passant par l'immigration juive des années 1880 suite à une première vague d'antisémitisme en

Europe centrale et orientale, il y a aujourd'hui autant de Juifs à New York qu'en Israël.

Aidé par la terreur nazie qu'il avait lui-même instrumentalisée, Gabriel était allé jusqu'à laisser assassiner le pape Pie XI qui avait eu au contraire le courage de la dénoncer. La bombe atomique judéo-américaine explosa avant toutes les autres et contraignit le Japon à capituler sans faire couler trop de sang américain. Ce n'est donc plus une Amérique exsangue, comme dans la Vraie Histoire (où le Japon l'avait attaquée pour profiter de son inexpérience de jeune nation indépendante), qui allait faire face à l'ogre soviétique et à ses nombreux satellites.

La guerre froide commençait donc sous de meilleurs auspices pour gagner la crise de Cuba, qui allait cependant faire une victime collatérale (l'assassinat de Kennedy par un agent du KGB) sans pour autant déclencher la « coexistence hostile » qui, dans la Vraie Histoire, allait conduire à la Troisième Guerre mondiale. La coexistence pacifique allait avoir raison de l'Union Soviétique car elle la privait de son ressort principal, la menace militaire, et la ramenait sur le terrain économique et politique où la lutte d'influence, pour elle, était perdue d'avance. Pour précipiter son agonie, Gabriel allait sortir son arme secrète, qu'il préparait depuis près de deux mille ans, la Religion chrétienne. Celle qui relie les croyants par delà les murs, les frontières, les glacis et autres rideaux de fer. Il déclencha la phase deux de la guerre de Religion qu'il avait commencée à Fatima, avant même la Révolution d'octobre dont il connaissait bien entendu la date.

Ce fut une guerre éclair et sans merci, l'apothéose de son œuvre, qui partit du Vatican, l'Etat sans armée qu'il avait lui aussi créé, et qui se répandit comme une vague spirituelle à travers toute l'Europe, submergeant des partis communistes impuissants à l'endiguer. L'Eglise rouge s'effondra avec ses derniers croyants. Mais avant d'en arriver là, il fallait corriger une erreur de l'Histoire qui finalement n'en était pas une. Gabriel ne pouvait pas s'opposer à l'élection de Jean-Paul Ier, mais il pouvait le faire assassiner. Pour cela, il bénéficia *intra muros* d'une équipe irlando-américaine qui ne manquait pas de motivations. Après ce forfait, et seulement après, il pourrait faire élire le candidat (non italien) de son choix, non sans mal quand même, par un conclave inquiet et désorienté.

Mais tout commença le 29 septembre 1978 au petit matin, trente-trois jours seulement après l'élection de Jean-Paul Ier. Le secrétaire privé du pape, l'Irlandais John Magee, découvre le pape mort sur son lit, dans sa soutane blanche, le visage en paix et souriant. En réalité, il est mort dans son cabinet de toilette, en petite tenue, couvert de vomissures, le visage figé dans un abominable rictus, empoisonné à la digitaline, et les embaumeurs sont déjà en route. La seule chose vraie est le nom de ce proche du pape et candidat sérieux au titre d'exécuteur. On le retrouvera encore le 24 mars 2010 lorsqu'il démissionnera de son siège d'évêque de Cloyne, en Irlande, suite à son implication dans le scandale des abus sexuels sur des enfants de son diocèse. Magee n'est donc pas un enfant de chœur.

La veille, Jean-Paul Ier avait fait son « coup de majesté », un acte d'autorité comme on n'en avait pas vu depuis longtemps chez un souverain pontife. L'intègre Albino Luciani avait décidé de révoquer Mgr Marcinkus, ordonné prêtre à Chicago en 1947 et devenu président de l'Institut pour les Œuvres de Religion, la banque du Vatican qui gère l'argent déposé par les congrégations religieuses et les diocèses du monde entier. Il est impliqué dans

Jean-Paul II et Mgr Marcinkus.

la faillite du Banco Ambrosiano (un trou de 1,2 milliard de $), institution financière intimement liée au Vatican, dont le président Roberto Calvi sera retrouvé pendu sous un pont de Londres le 18 juin 1982. Marcinkus fera l'objet d'un mandat d'arrêt par la justice italienne et ne devra la liberté qu'à son passeport du Vatican. Il rentrera à Chicago en 1990. Le pape adresse aussi un ultimatum au cardinal de Chicago, John Cody, perdu de mœurs et impliqué lui aussi dans le scandale financier. Quand on sait que Chicago a une population d'origine irlandaise si nombreuse que le maire Richard Daley est issu de cette immigration et que la ville compte la plus grande communauté d'origine polonaise après Varsovie, on ne s'étonnera plus de ce complot irlando-américain visant à mettre en place un pape polonais !

Ce pape du nom de Karol Wojtyla se fait appeler aussitôt Jean-Paul II, comme pour mieux faire oublier son prédécesseur, et joue aussitôt le rôle que lui avait assigné Gabriel. Il critique le système soviétique anticlérical dès le début de son pontificat. Il soutient en Pologne le syndicat Solidarnosc et Lech Walesa, qui le rencontre en 1981. En échange de son soutien au syndicat libre qui défie le pouvoir communiste, l'administration américaine donne au pape des informations stratégiques, notamment des vues satellite de la Pologne. Cette relation très proche entre Reagan et Jean-Paul II peut être considérée comme une alliance stratégique entre les Etats-Unis et le Vatican. La chute du mur de Berlin en 1989 et la fin de l'URSS l'année suivante furent intimement liées à l'action anticommuniste de Jean-Paul II. Mikhaïl Gorbatchev l'admettra lui-même : « Tout ce qui s'est passé en Europe orientale au cours de ces dernières années n'aurait pas été possible sans la présence de ce pape. » C'est la réalisation de la prophétie de la Vierge à Fatima le 13 juillet 1917 : « A la fin mon Cœur Immaculé triomphera. Le Saint-Père (Jean-Paul II) me consacrera la Russie qui se convertira. » Mais pour en arriver là, il fallait d'abord tuer Jean-Paul Ier, un pape intègre victime de la raison d'Etat.

Gabriel va réaliser un dernier exploit au Vatican, il va nous laisser la prophétie de saint Malachie, ou *Prophétie des papes*, qui donne par une phrase latine une indication sur chaque pape depuis Célestin II. Ce texte ésotérique est attribué à l'évêque Malachie, né en Irlande à Armagh vers 1094 (encore un Irlandais), mais c'est plutôt un apocryphe du xvie siècle car il est publié pour la première fois en 1595 à Venise. Les derniers papes y sont parfaitement décrits, particulièrement ceux qui nous intéressent :

- 104. *Religio depopulata* (La religion dépeuplée) Benoit XV (1914-1922) Il fut pape pendant la Grande Guerre (1914-1948), la grippe espagnole et la Révolution russe.
- 105. *Fides intrepida* (La foi intrépide) Pie XI (1922-1939) Le pape intrépide qui défia Hitler et Mussolini.
- 106. *Pastor angelicus* (Le pasteur angélique) Pie XII (1939-1958) Le pape qui fit preuve d'angélisme face aux crimes nazis et fascistes.
- 109. *De mediate lunae* (Du temps moyen d'une lune)

Jean-Paul Ier (1978-1978) Il mourut 33 jours après son élection.

- 110. *De labore solis* (Du labeur du soleil) Jean-Paul II (1978-2005) C'est le soleil de Fatima au travail, c'est le Saint-Père qui réalisera la prophétie de la Vierge.

- 112. *Petrus Romanus* (Pierre le Romain) C'est le premier (saint Pierre) et le dernier des papes : « Dans la dernière persécution de l'Eglise Chrétienne siègera Pierre le Romain qui fera paître ses brebis à travers de nombreuses tribulations. Celles-ci terminées, la cité aux sept collines (Rome) sera détruite, et un Juge redoutable jugera son peuple. Fin. »

Ce qui saute aux yeux, c'est qu'il est impossible d'élaborer une liste aussi longue et aussi précise de tous les papes pour un auteur même inspiré du XIe ou du XVIe siècle. Par contre, il est beaucoup plus facile d'élaborer cette liste après coup, surtout pour un auteur connu, ancien prêtre jésuite à Rome de 1958 à 1964, comme Malachi Brendan Martin (encore un Irlandais) qui écrivit d'ailleurs officiellement *La saga des papes*, une prodigieuse fresque de l'histoire de la papauté, de saint Pierre à Jean-Paul II. On peut donc penser que c'est l'Irlandais Malachi Martin et non le saint irlandais Malachie qui a écrit la *Prophétie des papes*. Reste à savoir comment on retrouve son manuscrit à Venise en 1595 ! C'est là qu'intervient Gabriel, qui « poste » lui-même le manuscrit au début des années 1590, d'un coup de machine à remonter le temps. Le moine bénédictin Arnold de Wyon le découvre « par hasard » et le publie en 1595. Aussitôt lu, le manuscrit s'inscrit dans notre mémoire collective au point de devenir une réalité évidente héritée du passé. L'hypothèse qu'un texte prémonitoire d'une précision aussi stupéfiante ait pu être rédigé il y a quatre siècles est particulièrement fantastique, bien que curieusement admise. Il nous paraît finalement moins fantastique, car plus logique, qu'il ait pu être rédigé après les faits qu'il relate et « posté » ensuite par un « chrononaute » dans le passé.

Mais Gabriel n'abuse pas seulement de notre naïveté en nous faisant passer un texte du xxe siècle pour l'œuvre inspirée d'un saint du xie siècle, il nous délivre aussi un message à travers le dernier pape de la Prophétie, Pierre le Romain, qui n'existera jamais mais nous donne un indice sur l'époque où la Troisième Guerre mondiale a commencé dans la Vraie Histoire. Elle a commencé logiquement par l'invasion du Double-Royaume franco-anglais et de l'Italie, et notamment par la destruction de Rome (la cité aux sept collines), par les forces du pacte de Varsovie. C'est au cours de ce dernier pontificat, ni avant, ni après, que se situera le début de l'invasion communiste qui préluda dans la Vraie Histoire au déclenchement de la guerre nucléaire entre l'Amérique du Nord et la Russie soviétique.

C'est au début de cette guerre que fut décidé l'envoi dans le passé de Gabriel, à la tête d'une équipe mixte composée probablement de quatre chrononautes, pour une mission désespérée destinée à renverser le cours de l'Histoire en la réécrivant dès l'Antiquité, car c'est en s'attaquant à ses racines que l'on pouvait espérer la modifier durablement. C'est cette mission secrète que nous avons décrite tout au long de ce livre, du mieux que nous avons pu en fonction des indices qu'elle nous avait laissés, en soulignant l'exploit réalisé par ce héros américain aussi discret que prodigieusement efficace. La technologie mise à sa disposition n'explique pas tout, il lui fallait aussi une intelligence, une érudition, une persévérance et un sens stratégique hors du commun pour la mener à bien à travers les siècles et assurer le triomphe final de sa patrie face au totalitarisme inhumain qui avait failli l'anéantir.

FAUX EPILOGUE

L'avenir dira si l'histoire de Gabriel Michael Santorum est celle d'un petit garçon mort-né ou celle, longue et magnifique, que nous avons décrite dans ce livre. L'avenir dira aussi si les Etats-Unis développeront dans les années 2040 une machine semblable à celle qu'utilisait Gabriel. Si tout cela se vérifie, l'Histoire ne sera plus unique, mais déclinée comme en informatique en plusieurs versions : la version 1.0 pour la Vraie Histoire (la première), la version 2.0 pour la Nouvelle Histoire (la seconde). La seconde, mais peut-être pas la dernière, car après la mort de Gabriel en 1996 est survenu l'attentat aérien contre les tours jumelles de Manhattan, le 11 septembre 2001, et il est peu probable que le futur Président des Etats-Unis, disposant de cette nouvelle technologie, ne s'en serve pas pour effacer ce drame national. Il aura ainsi écrit la version 2.1 de l'Histoire et il n'est pas impossible d'imaginer qu'il y en ait d'autres par la suite, chaque fois qu'une catastrophe n'aura pu être évitée et que la sécurité des Etats-Unis s'en trouvera menacée. Il se pourrait même que cela devienne une méthode de gouvernance, comme la vue du futur immédiat des actions sur le champ de bataille pourrait devenir une méthode de combat. Rappelez-vous le comportement de Jeanne d'Arc pendant la Guerre de Cent Ans, qui fut en fait le premier échantillon de la guerre du futur grâce à l'introduction de cette technologie américaine, masquée derrière les voix entendues par la Sainte.

Sauf à considérer que cette histoire n'est qu'une fable ingénieuse (mais qui peut l'affirmer sans risque ?), était-il bon pour les Etats-Unis d'aujourd'hui de révéler que l'Amérique de la première Histoire a non seulement envoyé Jésus, Jeanne et Louis au supplice, mais fabriqué de toutes pièces les interminables guerres franco-anglaises pour prétendre plus tôt à l'indépendance et envoyé délibérément à la mort six millions de Juifs, qui n'auraient même pas dû se trouver dans l'Europe occupée par les nazis si Gabriel ne les avait pas aidés à sortir d'Egypte et poussés plus tard à faire crucifier un provocateur ? C'était certes dans le but louable de sauver le monde libre en chassant le maximum de Juifs aisés ou particulièrement instruits vers l'Amérique, pour profiter de leur génie précurseur et de leurs incomparables intuitions scientifiques. Mais derrière cet hommage sublime, ô combien coûteux en vies humaines, que de souffrances inimaginables ! Au-delà de la mémoire de la Shoah, elles semblent s'exprimer aujourd'hui dans l'inconscient collectif américain par un soutien sans faille à l'Etat d'Israël, comme pour expier la faute de Gabriel.

A propos de l'élection présidentielle américaine, n'est-il pas curieux que le sénateur Rick Santorum, père de Gabriel Michael, le héros de ce livre, ait été candidat à l'investiture républicaine pour l'élection présidentielle du 6 novembre 2012 et presque gagné la primaire ? Gabriel se sert-il de la notoriété politique de

John Richard Santorum.

son père et du recours possible que son père pourrait être en cas d'échec de la nouvelle administration, pour conduire le parti républicain à s'intéresser à sa propre mission à travers mon récit ? Et enfin, la révélation que le sénateur Rick Santorum est le père d'un archange et peut-être le grand-père de Jésus lui-même peut-elle l'aider à être élu ? Seul Gabriel le sait car, avant de mourir dans notre Histoire, il a vu le futur et la réponse à cette question cruciale.

LA LOI D'INERTIE

Lorsque je découvris le bref apostolique du pape Pie XII, daté d'un jour plein de sens pour moi, je commençai à avoir l'intuition que Gabriel continuait peut-être sa mission pour son propre compte. La mission désespérée que lui avait confiée le Président américain, chef des armées au bord d'un désastre militaire, était un succès complet et devait en rester là, condamnée à l'oubli. C'est là que l'ego de Gabriel intervint : comment faire connaître l'extraordinaire succès de sa mission secrète, reconnaître son immense mérite, même à titre posthume, et le faire rejaillir sur sa famille ?

C'est là que j'intervins à mon tour et j'en eu la preuve indirecte à travers une série de violations de la loi d'inertie qui régit, contrairement à ce que l'on craignait, les voyages dans le temps et notamment dans le passé. Ces violations, même lorsqu'elles ne sont que domestiques, nécessitent une énergie considérable et donc une intervention puissante et ciblée. Elles nécessitent la « force de Dieu ». La démonstration m'en fut donnée à travers des difficultés inattendues rencontrées par un être qui m'est cher, pour franchir des étapes que nos moyens matériels auraient dû lui permettre de survoler aisément. Ma première réaction fut de m'insurger contre les responsables apparents de ces difficultés. Puis je réalisai que je chérissais un être qui, sans moi, aurait connu une existence modeste et que cette existence s'était peut-être poursuivie dans la Vraie Histoire. En admettant que c'était Gabriel qui l'avait choisi pour m'aider à accomplir ma propre mission dans la Nouvelle Histoire, je transgressais la loi d'inertie à chacun de mes bienfaits, sans m'en rendre compte et sans méfiance. D'où ces incidents rarissimes qui sabotaient régulièrement mes offrandes les plus somptueuses.

La loi d'inertie se vérifie aussi bien sûr à un niveau plus général. C'est l'explication de l'exception française, qui veut que la France, même réduite à l'Hexagone, s'évertue à vouloir jouer un rôle international de premier plan avec des moyens réduits et un toupet incroyable, qui passent au pire pour de l'arrogance ou sont regardés au mieux avec surprise et sympathie. En réalité, c'est que Paris était dans la Vraie Histoire la capitale du Double-Royaume franco-anglais et dominait à ce titre la moitié du monde. Dans la Nouvelle Histoire, la loi d'inertie veut que Paris continue

La signature des accords de Lancaster House.

à se croire la capitale la plus influente du monde, alors qu'elle n'est que la plus belle ville du monde. Les recherches menées actuellement à Gramat, dans le département du Lot, sur la z-machine française, baptisée pompeusement Sphinx, montrent que la France n'a rien perdu de ses prétentions.

Les accords de Lancaster House signés le 2 novembre 2010 entre le président français et le premier ministre du Royaume-Uni sont une autre manifestation évidente de la loi d'inertie. Les deux drapeaux bleu-blanc-rouge se rapprochent militairement dans la maison de Jean de Lancastre, régent de France plus connu sous le nom de duc de Bedford, qui dans la Vraie Histoire a franchi la Loire à Orléans, fait prisonnier le Dauphin Charles et couronner le jeune Henri VI, déjà roi d'Angleterre depuis 1429, roi de France à la cathédrale de Reims en 1431. Il inaugurait ainsi la longue dynastie du Double-Royaume qui, avec son armée unique franco-anglaise et la langue commune franco-normande, allait dominer si longtemps le monde. L'intervention militaire de 2011 en Lybie où les deux pays ont mené conjointement 80 % des raids aériens a montré la parfaite coordination des deux armées, la polyvalence de l'avion Rafale, mais aussi la nécessité de la construction d'un porte-avions britannique et la fabrication d'un drone commun. L'exercice militaire franco-britannique Griffin Strike conduit en avril 2016 au Pays de Galles par la nouvelle Force Expéditionnaire Combinée Jointe confirme qu'une force de 10.000 hommes va ressusciter à court terme la puissante armée franco-anglaise de la Vraie Histoire. Une installation nucléaire commune où sera « modélisée la performance des têtes nucléaires » a même été décidée à Valduc, en territoire bourguignon, qui rappelle l'alliance entre le duc de Bourgogne et le duc de Bedford pendant la Guerre de Cent Ans. C'est le retour par inertie de la puissante armée franco-anglaise de la Vraie Histoire, après la parenthèse stratégique voulue par Gabriel dans la Nouvelle Histoire pour sauver l'Amérique du Nord de l'invasion soviétique.

La loi d'inertie se vérifie aussi curieusement dans l'assassinat du Président Kennedy, qui n'a de sens que dans la Vraie Histoire et se révèle inutile et incompréhensible dans la Nouvelle Histoire, si l'on ne devine qu'il s'agit d'une manifestation tragique de la loi d'inertie. C'est là aussi un fort indice de l'Histoire qui nous a précédés. Comme le mouvement des survivalistes américains, qui nous paraît si absurde et si ridicule dans notre Histoire actuelle. Ils sont pourtant légions à avoir aménagé leur sous-sol en creusant un abri anti-atomique pour se protéger d'un « Armageddon » nucléaire. Né aux Etats-Unis durant la guerre froide, au moment de la crise des missiles de Cuba en octobre 1962, le mouvement ne s'est pas démenti depuis, malgré l'éloignement du péril nucléaire. Il ne prend vraiment tout son sens que dans la Vraie Histoire, dans laquelle les survivants de la Troisième Guerre mondiale qui ravagea l'Amérique du Nord furent les Américains prévoyants (on les appelle aujourd'hui les preppers, « ceux qui se préparent ») qui organisèrent leur survie bien avant les années 2040. Encore une manifestation de la loi d'inertie !

Cette loi d'inertie et la solution temporelle de la masse manquante de l'Univers (la masse insuffisante de l'Univers trouve sa solution dans la dimension du temps qui multiplie la masse de l'un à chaque violation de l'autre, la masse manquante devenant une masse de réserve) seront d'ailleurs les découvertes essentielles, avec la solution spatiale du génome manquant (l'embryogenèse tellurique décrite par le psychiatre français Méric), qui vont constituer la révolution culturelle du XXIe siècle à travers trois changements fondamentaux de paradigmes.

C'est enfin en découvrant la victoire surprise de son père au caucus de l'Iowa le 4 janvier 2012, dans la primaire républicaine, puis dans trois autres Etats le 7 février, puis dans trois nouveaux Etats le 6 mars, en faisant presque jeu égal avec son adversaire principal dans l'Ohio, encore dans deux nouveaux Etats le 13 mars et, le 24 mars, dans l'Etat très symbolique de la Louisiane, que je compris que Gabriel avait décidé de tenter de faire élire son père à la Présidence des Etats-Unis d'Amérique. Là aussi, il allait transgresser la loi d'inertie temporelle, car son père n'avait sans doute jamais été élu Président dans la Vraie Histoire (on n'aurait jamais envoyé le fils d'un Président dans une mission aussi périlleuse). A moins qu'il n'ait voulu simplement attirer l'attention de l'administration Obama sur mon livre et donc sur sa mission, à travers le rôle politique joué par son père. Je compris aussi que c'est son relatif jeune âge (11 ans de moins que son adversaire) et la promesse d'une primaire victorieuse en 2015 qui conduisirent Santorum à laisser subitement le champ libre à Mitt Romney pour l'investiture républicaine. Accessoirement, je m'étonnais moins qu'en France l'ambassade des Etats-Unis se soit établie le long de l'avenue Gabriel…

Mais il y avait une autre hypothèse, moins rassurante. C'est que Gabriel ait vu dans le futur, avant de mourir, une nouvelle et grave menace pour son propre camp que, comble d'ironie, il aurait lui-même créée en modifiant l'Histoire. Son père serait alors chargé de tirer la sonnette d'alarme dans l'opinion américaine et de conjurer ce nouveau danger en le neutralisant à la source. On pense à l'Iran des ayatollahs en possession de l'arme nucléaire et à son allié stratégique russe (tiens, les revoilà !), guère plus démocratique sous le règne du FSB que sous celui du parti communiste. Israël, que Gabriel a contribué aussi à créer après avoir failli exterminer sa future population, n'attend apparemment que cela. La prise de contrôle du parti centriste Kadima par le général Mofaz le 27 mars 2012, puis son alliance surprise le 8 mai avec le parti de droite Likoud au pouvoir semble confirmer cette intention. L'arrivée d'un général juif né à Téhéran (Qui connaît son ennemi…) dans un gouvernement d'union nationale abonde évidemment dans la même direction.

Tsahal se tient prêt à fondre sur les installations nucléaires iraniennes, surtout depuis que le Président Obama a décidé de lui permettre de disposer de 4 avions ravitailleurs KC-135 supplémentaires et de bombes anti-bunker GBU-31, qui peuvent être larguées du chasseur-bombardier F-15 équipant son armée. L'intervention directe de l'US Air Force serait cependant nécessaire car la cible iranienne la mieux protégée est le site d'enrichissement de l'uranium de Fordow, près de la ville de Qom, en fonction depuis janvier 2012 et enfoui sous une montagne dont l'épaisseur de roche peut atteindre 80 mètres et même plus, sans parler de la protection supplémentaire en béton. Pour cela, même les bombes américaines GBU-57 MOP (Massive Ordnance Penetrator) de plus de 13,5 tonnes ne seront pas suffisantes, car elles ne pénètrent que de 60 mètres dans le sol avant d'exploser. Il fallait donc s'en remettre aux declarations du Secrétaire à la Défense, Leon Panetta, qui affirmait que l'armée américaine recevrait une version modernisée de « bunker buster bomb » capable de détruire les abris souterrains les plus profonds. Seule l'armée américaine pourrait alors transporter des bombes d'un tel poids, grâce à ses bombardiers B-2 ou B-52.

La volonté politique d'utiliser ces armes à des fins stratégiques et preventives restait à démontrer. On pouvait en douter quand on savait que John Kerry, le chef de la diplomatie américaine dans l'administration Obama 2, était un sceptique notoire de l'interventionnisme militaire, après avoir été un militant pacifiste en rentrant de la guerre du Vietnam. De plus, sa fille Vanessa était mariée à Beyrouz Vala Naheed, un médecin d'origine iranienne qui avait de la famille en République islamique et se rendait encore à Téhéran pour voir ses proches. Autant d'otages potentiels qui auraient pu peser sur les decisions du secrétaire d'Etat ! Les grands-parents paternels de John Kerry étaient pourtant des juifs autrichiens, mais Fritz Köhn avait changé son nom en Kerry et s'était converti au catholicisme en 1901.

On peut se demander enfin si la démission trois jours après la réélection d'Obama du général quatre étoiles David Petraeus, le très respecté directeur de la CIA, n'était pas un préalable indispensable à la nomination de John Kerry à la tête du Département d'Etat. La désignation de Chuck Hagel, grand pourfendeur du lobby pro-israélien au Congrès, pour succéder à Leon Panetta au poste de Secrétaire à la Défense relevait d'une logique encore plus précise et orientée.

Mais au Moyen-Orient, jusqu'à la nécessaire intervention américano-israélienne, un boulevard s'ouvrait aux Iraniens, quelles que soient les sanctions économiques ou l'accord trompeur sur le nucléaire, pour enrichir leur uranium et obtenir des armes nucléaires grâce à la fameuse *taqiya*, qui autorise les musulmans à mentir à des incroyants pour les battre (Coran 16:106). Le compte à rebours d'un second et inutile holocauste avait commencé…

LA MASSE DE RÉSERVE

Il faut revenir un court moment sur la solution temporelle de la masse manquante de l'Univers, à laquelle nous avons fait allusion au chapitre précédent. Le lecteur peu féru de sciences exactes ou peu porté sur la spéculation dans ce domaine pourra avantageusement sauter ce chapitre et passer directement au suivant.

Les astrophysiciens nous apprennent que les étoiles situées à la périphérie des galaxies spirales, comme le Soleil dans la Voie lactée, tournent beaucoup trop vite autour des centres des galaxies pour que leurs vitesses orbitales ne soient déterminées que par la seule attraction gravitationnelle de toutes les étoiles observables. Les lois de la gravitation de Newton indiquent donc que ces galaxies devraient contenir beaucoup plus de matière que celle que nous sommes capables d'observer. Cette matière invisible a été appelée matière sombre, car elle n'est détectable que par son seul champ gravitationnel. On nous apprend même que cette matière sombre représenterait jusqu'à 90 % de la masse totale de l'Univers.

Or, Einstein explique la force gravitationnelle comme la courbure d'un espace-temps quadridimensionnel (théorie de la relativité générale). On comprend donc que la masse énorme de la matière sombre va courber l'espace de la galaxie au point d'accélérer la vitesse de rotation des étoiles périphériques autour de son centre et entraîner le temps avec lui (qui devient courbe à son tour), car l'espace et le temps sont inextricablement liés. On peut d'ailleurs se demander si la matière sombre n'est pas visible au présent parce qu'elle serait entraînée par la courbure du temps dans un passé inobservable. La matière stellaire visible serait comme la partie émergée d'un iceberg, dont la plus grande partie plongerait dans les profondeurs de l'océan du temps. Quand on sait que 90% du volume d'un iceberg est situé sous la surface de l'eau, la comparaison est frappante.

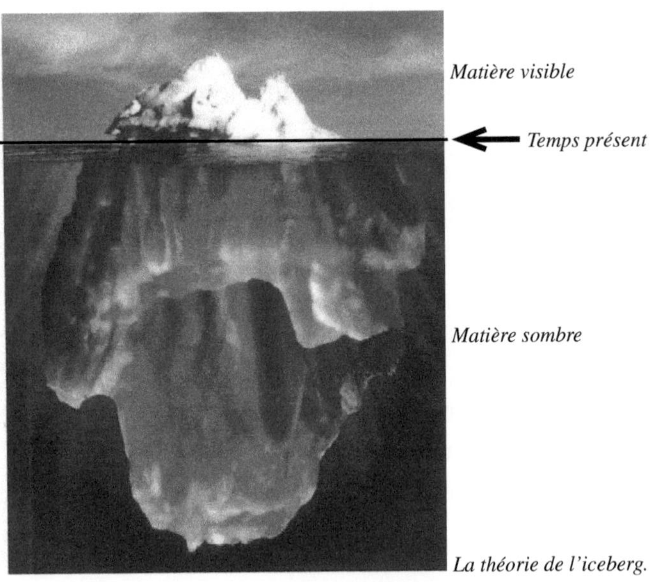

La théorie de l'iceberg.

On oublie trop souvent que la réciproque est vraie et qu'une courbure du temps (un retour en arrière) va entraîner l'espace avec lui. C'est ce qui se passe lorsque Gabriel remonte de 3500 ans dans le passé d'un Univers dont l'âge est évalué à 14 milliards d'années. Il entraîne avec lui tout l'espace de l'Univers pendant son voyage dans le temps. Ce faisant, d'après la loi de conservation de l'énergie (ou de son équivalent en masse), il emprunte à la matière sombre, qui devient une masse de réserve que l'on peut modéliser ainsi :

$$M^{tot} = 100$$
$$M^{rés} = 90 = x.\frac{V^{réf}}{U^{réf}} = \frac{x \cdot 3,5}{14\ 000\ 000} = \frac{x}{4\ 000\ 000}$$
$$x = 90 \cdot 4\ 000\ 000 = 360\ 000\ 000$$

M^{tot} = Masse totale de l'Univers

$M^{rés}$ = Masse de réserve

$V^{réf}$ = Voyage de référence (3 500 ans)

$U^{réf}$ = Age de l'Univers de référence (14 milliards d'années)

On voit grâce à cette équation que le voyage de Gabriel dans le temps ne donne qu'un simple coup de canif dans la masse de réserve. Cependant, le nombre total de voyages de référence n'est tout de même pas infini, mais limité à 360 millions pour toutes les civilisations capables de cet exploit dans l'Univers. Enfin, on voit que la loi d'inertie temporelle prend sa source dans la masse de réserve, car toute masse se définit par son inertie dans l'espace, qu'il convient de vaincre pour la déplacer. Le temps a donc non seulement une forme (courbe), mais aussi une masse (inertie).

Si l'on rapproche notre équation de celle d'Einstein-Grossmann, où la courbure G est proportionnelle à la masse T :

$$G_{ij} = \frac{8\pi G}{C^4} \cdot T_{ij}$$

On voit que si la masse de réserve est entamée par un voyage dans le temps, donc diminue, la courbure diminue proportionnellement à la masse, donc la vitesse de rotation des étoiles périphériques autour du centre de la galaxie diminue. Si l'on peut mesurer les variations de cette vitesse au cours des âges en la mesurant sur des étoiles à différentes distances, dont la lumière nous provient de différentes époques (celle du Soleil met 8' à nous parvenir), on pourra vérifier la diminution de cette vitesse et en déduire qu'une ou plusieurs civilisations de la Voie lactée, dont la nôtre, ont opéré des voyages dans le temps.

LA MENACE

Dans l'Occident chrétien, l'Eglise est clairement séparée de l'Etat. En Iran, comme dans tout les pays musulmans (Turquie exceptée), le pouvoir spirituel se confond avec le pouvoir temporel. Gabriel l'a voulu ainsi pour créer un contre-pouvoir, facteur de progrès, dans les pays chrétiens : c'est le modèle occidental, adopté aussi par les pays bouddhistes modernes. Il assure, après avoir empêché longtemps les Juifs de retourner en Palestine, une supériorité cachée à la chrétienté, mais qui peut se révéler dangereuse dès lors qu'un pays musulman accède à l'arme atomique. Pour le Pakistan, le contre-pouvoir est exercé par le voisin indien, lui aussi nucléarisé. Pour l'Iran, le contre-pouvoir n'est plus exercé par l'ours soviétique, réduit en 1990 à l'ourson russe, et l'accès à l'arme atomique va donner à l'ayatollah Khamenei, Guide suprême de la Révolution islamique, le moyen d'anéantir les mécréants juifs et européens. D'autant plus qu'il bénéficie maintenant de missiles d'une portée de 1 900 km, qui peuvent donc atteindre Israël et l'Europe de l'Est.

En Europe, les bases américaines sont protégées par des navires antimissiles de classe Aegis qui croisent en Méditerranée, mais seule l'armée de l'air française dispose depuis novembre 2011 d'un système opérationnel sol-air de moyenne portée terrestre baptisé Mamba, équipé de missiles antimissiles Aster capables d'intercepter des missiles balistiques de théâtre de type Scud dans un rayon de 300 km. Cinq bases aériennes françaises en seront progressivement équipées. Israël s'est équipé aussi d'un système antimissile avec, notamment, ce qui serait le meilleur anti-missile du monde, le Arrow 3, destiné à intercepter le missile iranien Shahab-3 qui a une portée de 1 300 km et peut être doté d'une tête conventionnelle de 760 à 1 100 kilos.

LA CONTRE-ATTAQUE

Grâce à la réussite de la mission de Gabriel, l'Amérique, dans la Nouvelle Histoire, vit sur un nuage. Elle domine le monde économique et financier, elle est la première puissance technologique et militaire, elle est le gendarme de la planète. Comme toujours, quand tout va plutôt bien, on ne se pose pas de questions. Les Russes, eux, s'en posaient. Pourquoi un tel déséquilibre, un tel retard sur le rival américain, alors qu'ils avaient été eux aussi à deux doigts de dominer le monde ? Le Président russe Vladimir Poutine, ancien colonel du KGB, a même déclaré devant le Parlement le 26 avril 2005 que « la disparition de l'URSS fut la plus grande catastrophe géopolitique du XXe siècle ». Il a d'ailleurs rétabli l'ancien hymne national soviétique, le drapeau rouge pour les unités militaires et, dernièrement, le titre de « Héros du travail » dans les usines : on appele ça la « nostalinalgie ».

Cela montre surtout que les Russes ne comprennent toujours pas comment la catastrophe est arrivée : ce livre leur apporte un élément de réponse inattendu. L'échec économique du communisme n'explique pas tout, surtout depuis la chute du mur de Berlin. Et comme le Kremlin restera toujours le Kremlin, et que le FSB est fille du KGB, les Russes mirent donc à contribution leurs services d'espionnage.

Les Américains allaient bientôt leur donner eux-mêmes l'occasion de pénétrer au cœur du fleuron de leur technologie triomphante. Dans le climat de détente postcommuniste et de mondialisation généralisée, ils firent appel sans grande méfiance à l'Institut d'électronique des courants de haute intensité de

Tomsk, en Russie, car ils avaient besoin de leur générateur LTD pour entretenir toutes les dix secondes le processus de fusion par confinement inertiel de la z-machine. Les tirs à répétition rapide étaient en effet nécessaires pour que les futures centrales puissent produire une énergie électrique illimitée à partir d'eau de mer abondante et bon marché. Les Américains avaient le moteur à explosion, les Russes leur fourniraient les cylindres pour en faire un V12 surpuissant et économe. Le laboratoire Sandia, à Albuquerque (Nouveau-Mexique), fait partie de la *National Nuclear Security Administration*. Obnubilés par le succès révolutionnaire qu'ils sentaient à portée de main, les Américains négligèrent un seul mot : *Security*.

Les générateurs russes à impulsions ultra-brèves commencèrent à être déchargés par les avions-cargos Antonov sur l'aéroport d'Albuquerque pour remplacer l'énorme bassin isolant rempli d'eau et les commutateurs de puissance de la z-machine américaine. Mais avec eux, arrivèrent les premiers techniciens russes indispensables à la maintenance de ces complexes appareils. L'un d'entre eux avait pour mission de se fondre dans l'équipe russo-américaine, d'épouser une américaine et de faire souche et carrière aux Etats-Unis, sans jamais prendre contact

Le générateur LTD de Tomsk (Sibérie).

avec les services qui l'avaient envoyé. Sa mission était à plus long terme et donc d'abord de se faire oublier.

Boris, nous l'appellerons ainsi, prendra part au début des années 2040 aux premières applications industrielles de la z-machine. L'une d'elles retiendra particulièrement son attention pour ses applications stratégiques. C'étaient les tentatives de franchissement du mur de la lumière sous très haute énergie, dans le but avoué d'espérer remonter le temps. Il participa aux premières expériences d'envoi d'objets matériels, qui nécessairement devaient précéder l'envoi de matériel animal ou humain. Boris faisait tellement partie des meubles et parlait si bien l'anglais que tout le monde avait oublié qu'il n'avait été naturalisé américain que par son mariage.

Lorsque les paramétrages devinrent plus précis et que vint le tour des expériences animales, Boris proposa tout naturellement son propre chien, Tom, arguant de la confiance de l'animal, qui devait lui éviter tout stress pendant l'expérience. Boris avait pris soin de ne jamais changer de résidence et il occupait toujours la même maison dans un quartier cossu de Los Alamos, où ses enfants avaient trouvé la place pour grandir. Son plan était que le chien la retrouverait facilement lorsqu'il serait propulsé dans le passé et débarquerait au début des années 2020. Ce saut d'une vingtaine d'années avait paru suffisant aux experts pour une première expérience et Boris avait d'ailleurs insisté dans ce sens, pour ne pas faire courir de risques excessifs à l'animal.

Tom partit pour son voyage équipé de son collier habituel, sous l'œil rassurant de son maître. Ce que personne ne savait, c'est que Boris avait caché dans son collier une carte mémoire des années 2020, pour être facilement lue par les ordinateurs de cette époque. Il y avait enregistré avec un vieux PC qu'il conservait précieusement toutes les informations stratégiques qu'il avait récoltées et, notamment, le succès d'un livre d'anticipation publié aux Etats-Unis, qui avait contribué à l'élection de Santorum à la présidence des Etats-Unis et rompu ainsi l'équilibre géopolitique au Moyen-Orient, au détriment de la Russie et de ses alliés.

Lorsque Tom débarqua dans le passé, il ne fut pas longtemps désorienté et son instinct le guida vers la maison qu'il avait toujours connue. C'est ainsi que Boris entendit un chien gratter à sa porte, qu'il ne connaissait pas mais qui se jeta sur lui en remuant frénétiquement la queue. Il était affublé de lunettes grotesques à verres fumés, qui en réalité avaient protégé ses yeux du flash hyper-intense en franchissant le mur de la lumière. Boris remarqua le collier de l'animal et y trouva bientôt la carte mémoire qu'il s'était lui-même adressée vingt ans plus tard. Moins d'une semaine après, la carte de Tom s'envolait vers Tomsk par le premier avion en partance pour l'Institut sibérien.

Les services secrets russes réagirent aussitôt en tentant désespérément d'empêcher ou de retarder la publication de ce livre, dont des épreuves incomplètes commençaient déjà à circuler, notamment chez les éditeurs français. Ils devaient agir avec discrétion pour ne pas compromettre leur précieux agent du futur. Ils choisirent donc de réveiller un agent dormant, comme Gabriel en avait réveillé un pour venir me seconder dans ma vie et comme le conteur Perrault l'avait déjà fait dans La Belle au Bois dormant.

On reconnaît un agent dormant au fait qu'il s'agit d'une femme belle, d'âge moyen, végétant inexplicablement dans sa vie, professionnellement déclassée, libre de tout engagement, qui bénéficie au moment où elle s'y attend le moins d'un concours de circonstances extraordinaire. Ma propre femme, avant que je prenne conscience de la mission qui m'était dévolue, me quitta en quelques mois pour une femme de caractère aux formes lourdes, à la situation précaire, sans grande instruction, que je trouvais subjectivement laide et arrogante. Même si elle satisfaisait dans cette aventure des pulsions jusque là inexprimées, le sérieux et l'application avec lesquels elle détruisit notre petite famille furent proprement stupéfiants. Bref, le scénario le plus invraisemblable qu'il soit, le miracle absolu.

Le miracle se confirma lorsque Gabriel me fit rencontrer peu de temps après, car le temps comptait, la femme discrètement décalée, mais pleine de sensualité retenue, de classe, d'éducation, d'intelligence et d'élégance qui allait m'aider si efficacement dans ma nouvelle mission. Par la grâce d'un baiser magique (et de son coup d'œil efficace), elle allait m'ôter mes habits de crapaud et faire de moi le prince que je suis devenu. Avec elle, je m'inscrivis dans un système créatif à deux, qui m'avait cruellement fait défaut jusque là et qui augmenta spectaculairement ma production intellectuelle. Au final, je tins compte de sa critique constructive, au point de ne pas tout révéler au lecteur pour assurer notre propre sécurité, de garder secrètes des informations essentielles me touchant de trop près. Révéler des secrets intéressant la sécurité des Etats-Unis, en garder d'autres sur l'informateur et le transformer lui-même en agent secret, l'Histoire n'était-elle qu'un long roman d'espionnage depuis la fin de la préhistoire ?

Ma nouvelle épouse m'apporta aussi avec insistance des signaux dont je finis par reconnaître qu'ils m'étaient peut-être adressés à travers elle. Je fus intrigué que ma femme, bien que parfaitement brune et vouant toutes les blondes aux gémonies, fût une admiratrice inconditionnelle de Marilyn Monroe, en qui elle voyait une femme à la fois fragile et influente, et surtout le modèle de la femme sensuelle, mais sans vulgarité. Elle était littéralement fascinée par la magie de Marilyn, par sa beauté animale, c'était pour elle une icône intemporelle et elle ne croyait pas si bien dire. La maison se remplissait de livres, de magazines et de calendriers sur Marilyn, au point que nous en détenions toute une collection. L'hypothèse de son assassinat dans la nuit du 4 au 5 août 1962 ne me paraissait pas invraisemblable, mais j'avais du mal à comprendre comment un homme avait pu ordonner de tuer un sex-symbol comme Marilyn. J'appliquais donc le vieil adage policier : chercher la femme !

J'avais encore en mémoire le fameux *Happy birthday, Mr President* chanté par Marilyn le 19 mai 1962 au Madison Square Garden, avec une voix tellement langoureuse qu'elle ne laissait aucun doute aux nombreux spectateurs sur la nature de sa relation avec le Président Kennedy. Marilyn, qui n'avait pas été reconnue par son père biologique, n'avait eu de cesse d'être non seulement connue du grand public, mais aussi reconnue par le père de la nation, c'est-à-dire par le Président lui-même, homme par ailleurs assez séduisant.

Après une telle humiliation publique, j'imaginais la réaction légitime de (la brune) Jackie Kennedy et c'est ce qui avait dû normalement se passer dans la Vraie Histoire. Le conflit conjugal avait éclaté au grand jour après le scandale et Jackie demanda le divorce pendant l'été 1962. La star aux cheveux décolorés épouse ensuite le Président, qui gère désastreusement la crise de Cuba et la Guerre froide monte d'un cran. C'est donc elle qui récupérera la cervelle de Kennedy sur le coffre de la Lincoln le 22 novembre 1963 à Dallas (son premier rôle gore). Depuis ces évènements, toutes les femmes de candidats à la présidence (Michelle Obama exceptée) seront des blondes platinées, pour prendre modèle sur Marilyn et correspondre au nouveau standard de séduction.

Dans la Nouvelle Histoire, Gabriel sait qu'il y a non pas une femme, mais un homosexuel très influent qui a intérêt à faire assassiner Marilyn, qu'il considère comme une menace pour la sécurité nationale. C'est le tout puissant directeur du FBI, Edgar Hoover, qui n'aime pas les femmes et encore moins celles qui tentent de détourner le Président de son devoir en pleine crise internationale. L'été 1962 sera donc l'été de son vrai-faux suicide et non celui de son court triomphe. Gabriel me signale par la même occasion que mon épouse m'est bien envoyée, puisque porteuse de ce message incongru, qui l'obsède sans pouvoir se l'expliquer elle-même. Privilège normalement réservé aux chefs d'Etat, Hoover aura des funérailles nationales à sa mort en 1972.

*Ma nouvelle épouse n'est pas seulement
un excellent moyen de résister à la tentation,
mais elle est aussi la pierre angulaire de ma mission
dans la Nouvelle Histoire :
dans cette femme réside la matrice du futur.*

LA TENTATION

Les Russes voulurent me détourner moi aussi de ma mission. Je croisais donc, toujours par le plus grand des hasards, le chemin de la belle Natacha. Plus jeune bien sûr que ma propre femme, plus grande, blonde, de condition modeste mais pétrie de classe naturelle, au sourire magnifique, je dus reconnaître que les Russes ne s'étaient pas moqués de moi : ils m'avaient envoyé un top model. Elle venait d'être quittée brusquement par son compagnon et s'en plaignait amèrement. Je trouvais son compagnon bien difficile et me méfiais, pour l'avoir déjà vécu, de l'invraisemblance de la situation. Je savais que, dans la Vraie Histoire, les Soviétiques avaient disséminé dans le monde libre des agents dormants qui, dans la Nouvelle Histoire, ne se souvenaient plus du rôle qu'ils devaient jouer, mais restaient programmés par la loi d'inertie.

J'en eu la confirmation lorsque Natacha s'étonna un jour d'avoir été abordée plusieurs fois, dans leur propre langue, par des touristes Russes pendant ses vacances sur la Côte d'Azur. Elle se souvint à cette occasion qu'elle avait un grand-père russe et, j'ajoute, le physique de danseuse du Bolchoï qui allait avec. Ses tentatives de séduction furent diverses mais inconscientes, car elle restait profondément attachée à son compagnon en fuite. Tantôt une tenue provocante : bottes ou escarpins à talons qui rendaient sa silhouette encore plus interminable, jupe trop courte qui l'obligeait à tirer dessus dès qu'elle croisait les jambes. Tantôt une allusion à une amie qui entretenait une relation avec un homme marié, à un voyage auquel elle devait renoncer faute d'argent et que j'aurais pu facilement lui offrir, tantôt une lueur d'intérêt dans ses yeux quand elle se méprenait sur la signification d'un compliment, tantôt une remarque sur son amour des livres que bien entendu je partageais. Mais elle s'obstinait à vouloir comprendre pourquoi l'homme qu'elle aimait l'avait quittée et réussit même à le faire revenir auprès d'elle pour s'expliquer. Il exprima des regrets sincères et lui offrit même une bague, trop grande pour ses longs doigts effilés. Puis elle renonça à tous leurs projets, subitement défiante et résignée.

Je ne pouvais lui dire qu'elle avait été victime de la loi d'inertie temporelle et que dans la Vraie Histoire ses projets matrimoniaux s'étaient réalisés, qu'elle s'était mariée, qu'elle avait eu un enfant et qu'elle avait sans doute grossi (ce qu'indiquait la bague trop grande). Puis qu'elle avait renoncé d'elle-même à cette relation, devant choisir entre son enfant et un compagnon exclusif et jaloux, qui ne pouvait supporter de partager son amour avec un autre que lui. Mais dans la Nouvelle Histoire, elle était condamnée à jouer son rôle d'agent dormant et à tenter de remplir la mission pour laquelle elle avait été réveillée.

Gabriel m'avait choisi car il savait que je saurai gérer ce genre de situation, mais je trouvais quand même que j'avais du mérite. Je gardais donc mes distances avec Natacha, même si je la sentais attirée et inconsciemment désireuse d'accomplir sa mission secrète, c'est-à-dire me détourner de la mienne par le plus doux des pièges. Je vivais cependant dans la hantise d'un sabotage moins discret des objectifs que je m'étais fixés, d'une contre-attaque moins subtile qui mettrait fin brutalement à des mois d'analyse et de reconstitution du passé. Qu'avait prévu Gabriel en pareille circonstance ? Saurait-il me protéger jusqu'au bout ?

Si vous êtes Américain et que vous lisez ce livre, c'est que j'aurais finalement réussi ma mission, avec l'aide quasi-divine de Gabriel.

Gabriel est l'Eternel car il se déplace dans le temps et donne l'impression d'être éternel.

Santorum est le Saint des Saints, qui a fait s'effondrer le Santorin pour sortir les Hébreux d'Egypte.

Gabriel Santorum est l'Eternel qui traversait les temps pour faire triompher le pays qu'il a fini par sanctuariser.

Ce pays est celui du Premier Amendement, le pays de la liberté d'expression, le vrai Sauveur du monde !

La Constitution des Etats-Unis d'Amérique (Premier Amendement).

IN GOD WE TRUST

Barack Obama fut un bon (et beau) Président. J'ai un grand respect pour sa politique intérieure : il a réussi à révolutionner le système de protection de santé et l'Amérique est encore leader mondial en matière d'économie et de puissance militaire. Cependant, sa politique étrangère fut un quasi-désastre. Bien qu'il soit l'homme qui ait abattu Oussama Ben Laden, il a véritablement commis deux grandes erreurs. La première erreur se produisit dans son premier mandat, après la frauduleuse élection présidentielle iranienne en 2009, quand il ne tenta pas d'aider les millions de manifestants qui se battaient dans les rues de plusieurs cités iraniennes contre la répression sauvage des Bassidjis, subordonnés aux Gardiens de la révolution islamique et au Guide suprême l'Ayatollah Khamenei. La seconde erreur se produisit dans son second mandat quand il signa le 24 novembre 2013 l'Accord de Genève sur le programme nucléaire iranien, malgré la réticence du Ministre des affaires étrangères français Laurent Fabius. Ça nous rappelle les Accords de Munich en 1938 entre Hitler, Chamberlain et Daladier. Ils croyaient qu'ils sauvaient la paix, mais finalement ils précipitaient la Deuxième Guerre Mondiale. « Vous avez choisi le déshonneur et vous obtiendrez la guerre », aurait pu dire Winston Churchill à Barack Obama. L'Histoire se répète.

Khamenei s'était joué d'Obama comme d'un idiot, en envoyant son Ministre des affaires étrangères Zarif, éduqué à l'occidentale et parlant couramment l'anglais, comme Hitler envoyait son Ministre des affaires étrangères von Ribbentrop, éduqué à l'occidentale, ancien vendeur de champagne Pommery, parlant couramment anglais et français, pour charmer ses futurs ennemis. L'Histoire se répète. Le problème est qu'Obama est un juriste et non un chef militaire. Il veut désespérément éviter la perspective d'une action militaire et pendant ce temps il sous-estime la perversité du régime iranien.

John Kerry aurait pu devenir un bon Président. Le problème est que Kerry n'est pas un chef militaire non plus. L'élire signifierait un désastre pour Israël et peut-être même pour une large partie de l'Europe. En fait, avec Obama et Kerry, le sort de la future menace nucléaire iranienne restait incertain.

Le Sénateur Richard Santorum semble être le seul dirigeant capable de traiter la crise et d'éviter à la fois un immense massacre en Israël (un véritable nouvel holocauste) et de faire honte à l'Amérique. Il doit finir le travail de son fils et sauver le monde d'un terrible danger. Imaginez des armes nucléaires dans les mains d'Hitler ! L'élection de Santorum sera le point décisif, parce qu'il sait parfaitement que le nouvel ennemi est un vrai malheur et doit être détruit sans remords.

La mission de Gabriel sera seulement accomplie si son père trouve, à temps, les moyens nécessaires d'effacer radicalement la capacité nucléaire d'un pays qui serait géré par un ayatollah paranoïaque, dont le propre « Mein Kampf » se résume à « Mort à l'Amérique et à Israël ». La campagne présidentielle de 2016 (ou au plus tard celle de 2020) sera le combat politique le plus crucial de l'Histoire américaine, après la campagne de 1864 (Lincoln contre McClellan), parce que les enjeux seront d'éviter la première guerre nucléaire régionale et, pour les Etats-Unis, de garder la direction stratégique du monde.

Contrairement à Ian Bremmer, président d'Eurasia Group et consultant en risque politique, Gabriel refuse évidemment « d'accepter autre chose que la reddition totale de l'Iran » (*Time* du 15 juin 2015), comme la reddition totale de l'Allemagne en d'autres temps mais pour la même raison (la paranoïa du Guide suprême). Washington devrait continuer à se focaliser sur les futures bombes nucléaires iraniennes, parce que ce sont des armes de destruction massive et parce que le Guide suprême iranien veut les construire probablement pour s'en servir, pas pour dissuader Israël d'utiliser les siennes. Même si Washington et Moscou ont miraculeusement évité d'utiliser des armes nucléaires pendant la Guerre froide, la rhétorique à la « Mein Kampf » de l'Ayatollah Khameneï mène à croire qu'il est réellement suicidaire.

Le cas d'Hillary Clinton est différent. Les Démocrates progressistes ont tendance à la voir comme un faucon en affaires étrangères et ils ont raison : c'est un robuste partisan de l'intervention militaire et elle a plus de « couilles » que la plupart des candidats mâles. Depuis longtemps elle a montré un vif appétit pour la course à la Maison Blanche et elle est prête à défier n'importe qui à l'élection générale. Cependant, avant de mourir,

Gabriel vit à l'avance qu'Hillary Clinton ne serait pas capable de briser le plafond de verre et ne deviendrait pas la première femme Présidente des Etats-Unis.

Tous ces hommes et ces femmes sont d'anciens étudiants de la première ville universitaire américaine (Boston) : Obama (Harvard), Kerry (Boston College) et Clinton (Wellesley College). Le Premier ministre israélien Netanyahu, bien qu'il a aussi été diplômé à Boston (MIT), devient conscient que le statut universitaire supérieur de Boston est faux, que tous ces diplômés de Boston ont échoué en politique au sujet de son propre pays et qu'il pourrait plus attendre d'une autre ville universitaire : pourquoi pas Pittsburgh (Santorum) ou même Philadelphie (Trump) ?

En cas d'échec des Républicains, nous resterons toujours sous la menace du Président des Etats-Unis des années 2040, qui pourrait alors décider d'inverser le résultat de l'élection de Floride en 2000 et de donner la victoire à Al Gore. De toute façon, celui-ci aurait gagné l'élection sans la fraude qui se produisit alors que Jeb Bush (le frère de George W. Bush) était Gouverneur de cet Etat. Bush gagna par une marge très étroite de 537 voix seulement sur près de 6 millions de votes ! Bonnes nouvelles pour le climat et pour Saddam Hussein, parce que l'écologiste Al Gore n'aurait jamais envahi l'Irak après le 11 Septembre 2001 et que Khameneï en Iran n'aurait pas bénéficié de cette stupide invasion. En écrivant cette version 2.1 de l'Histoire, qui effacera la version que nous vivons, le futur Président restaurera par ce moyen le nécessaire équilibre entre Sunnites et Chiites au Moyen-Orient.

L'Amérique peut réellement avoir confiance en Dieu, parce que Dieu en fait est américain.

DÉLIT D'INITIÉ

En mai 2011, Donald Trump tira sa révérence avant la nomination Républicaine de 2012 pour la course à la Maison blanche. Par la suite, la plupart de ses supporters décida apparemment de voter pour Richard Santorum. En 2015, Trump ne fit pas seulement la promotion du Donald. Il était réellement avide de devenir respectable (après être devenu milliardaire) et n'abandonna pas la course, en dépit des régulations de la Commission Electorale Fédérale. En 2016, un raz-de-marée le porta à la victoire dans la primaire Républicaine, en partie du fait des nombreux candidats qui dispersèrent les votes Républicains. A la différence de Santorum, on notera que Trump parle au peuple avec des phrases courtes, simples et frappantes qu'il répète maintes fois comme des slogans ou des publicités, avec l'effet hypnotique propre aux dirigeants populistes, au point qu'il est plus facile à comprendre que Santorum pour la classe inférieure de la société.

Pendant ce temps, dans l'Est lointain de l'Europe, le président Obama conduisait une politique digne d'un prix Nobel de la paix, évitant de faire une guerre militaire contre la guerre asymétrique menée en Ukraine par le rusé président russe. Une sage politique en effet, parce que cette nouvelle Guerre Froide était seulement la traduction de la loi d'inertie temporelle, c'est-à-dire de la « coexistence hostile » (sans Détente) qui régna à la même époque dans la Vraie Histoire et conduisit à la 3ᵉ Guerre Mondiale au début des années 2040. Le président Poutine était rusé parce qu'il avait envahi l'Ukraine pour négocier en position de force l'annexion de la Crimée, qui n'était pas en soi un crime historique.

Au lieu de mener une guerre militaire risquée, le Président Obama a mené une guerre économique dévastatrice contre la Russie, qui ajoutée à l'effondrement du prix du pétrole était en train d'affaiblir sérieusement son économie. Pour sortir de l'impasse diplomatique, les deux nations devaient évidemment négocier et pour comprendre ça, nous devons retourner dans le passé, le vrai et le nouveau passés. Rappelez-vous ! Dans la Vraie Histoire, l'Amérique est encerclée par les missiles soviétiques de Cuba, de Californie et d'Alaska, et sur le point de se rendre ou d'être anéantie, jusqu'à ce que le Président américain envoie Gabriel dans passé pour arranger l'Histoire. Dans la Nouvelle Histoire, la rivalité entre les religions du Livre qu'il avait lui-même créées conduisit indirectement à la guerre de Crimée, à la prise de Sébastopol par les armées française et britannique, et à la ruine de la Russie : 144 millions de £ dépensées dans cette guerre de 1852 à 1856. Donc tout commença en Crimée et tout finira aussi en Crimée…

Quelques années plus tôt, fin 1841, John Sutter acheta Fort Ross aux Russes pour 30.000 $. Mais Sutter était un citoyen mexicain, aussi Fort Ross et le pays alentour devinrent mexicains. Le 24 janvier 1848, de l'or est découvert à proximité du Moulin de Sutter : la ruée vers l'or commençait. Le 2 février 1848, seulement neuf jours après la découverte, qui n'était pas encore connue des « quarante-neuvards » (ces chercheurs d'or qui arrivèrent en masse en Californie en 1849), le traité de Guadeloupe Hidalgo offrit la Californie aux Etats-Unis d'Amérique. Les champs aurifères devinrent propriété du gouvernement des Etats-Unis. On peut supposer que si le tsar Nicolas Ier avait su qu'autant d'or (25,8 milliards de $ à la fin du 19e siècle) aurait été découvert soixante kilomètres à l'Est de Fort Ross, il n'aurait jamais approuvé la vente. Il aurait plutôt envoyé des soldats en Californie du Nord. Quel malchanceux tsar en vérité !

Le 30 mars 1867, un autre tsar - Alexandre II – sera encore plus malchanceux quand il décidera de vendre l'Alaska aux Etats-Unis, juste après la Guerre Civile américaine. La folie de Seward, le Ministre des Affaires Etrangères de Lincoln, ne s'avéra pas si insensée puisque l'achat de 7,2 million de $ (121 millions de $ d'aujourd'hui) rapportera 1 milliard de $ (16,8 milliards de $ d'aujourd'hui) après la découverte d'un gisement d'or important dans le Klondike (fleuve Yukon) en 1896, puis à Nome (embouchure du fleuve Yukon) en 1899. Le traité fut signé juste trois mois avant que la Confédération canadienne ne fut réalisée, en juillet 1867. En effet, le Territoire du Canada aurait pu accueillir l'Alaska comme la Colombie britannique dans la Confédération en 1871. La cérémonie de transfert eut lieu à Nouvel Archange (ainsi nommé en l'honneur de Saint Michel) le 18 octobre 1867. Mais quand le drapeau russe, qui ressemble à l'actuel drapeau californien, dut être amené pour laisser place au drapeau des Etats-Unis, il s'enchevêtra de façon surprenante au sommet du mât. C'est évidemment une autre manifestation de la loi d'inertie temporelle, car le drapeau russe n'avait jamais été amené dans la Vraie Histoire.

Finalement, les Etats-Unis gagnèrent par hasard 42,5 milliards de dollars (sans parler des intérêts) et volèrent littéralement deux Etats stratégiques à la Russie en moins d'un demi-siècle. Bien sûr, en 1841 et 1867, les Américains ne pouvaient pas prévoir et savoir ce que serait le retour sur investissement de l'achat de la Californie du Nord et de l'Alaska. Excepté si un voyageur américain dans le temps, qui savait avec certitude que d'aussi grandes quantités d'or seraient trouvées dans ces contrées en 1848 et 1896, ne leur avait suggéré secrètement de passer un accord avant. Si c'est confirmé dans un futur proche, ce sera le premier et le plus important délit d'initié de toute l'Histoire.

Quand le Président Poutine réalisera que la Russie a été réellement baisée par une Amérique tricheuse et réclamera la restitution des 42,5 milliards de $ devant une cour fédérale, quel Américain sera le plus capable de lui résister si ce n'est le père lui-même du voyageur dans le temps ? Malheureusement, il s'avéra que Santorum ne pourrait pas gagner la primaire Républicaine face à Trump et il décida dès le 2 février de suspendre sa campagne pour la primaire Républicaine 2016.

Quand Trump, à la surprise générale, gagna l'élection présidentielle, il devint evident que le plafond de verre avait empêché Mme Clinton d'être la première Présidente de l'Histoire des Etats-Unis et que le slogan de campagne de Trump « Rendre sa grandeur à l'Amérique » était en fait « Rendre l'Amérique à nouveau blanche » et même « à nouveau anglaise ». En Angleterre, le Brexit était la revanche de la bataille d'Hastings (1066), la revanche du peuple anglais, qui parle un pauvre langage de tous les jours d'origine germanique, sur les élites normandes qui parlent un anglais riche et civilisé d'origine française et latine. Vous voyez la même division entre la Chambre des Lords et la Chambre des Communes. Les Lords sont les propriétaires de la terre, c'est-à-dire les héritiers des barons normands à qui Guillaume le Conquérant distribua le pays qu'il avait conquis. Les Communes sont les gens du commun qui furent défaits, dépossédés du pays par les envahisseurs continentaux et ne savaient même pas écrire en ce temps-là. Pire encore, le Royaume-Uni réalisa lui-même en 2016, à cause des futurs tarifs douaniers vertigineux de plus de 15 milliards de $ sur les exportations mensuelles vers les nations de l'U.E., le Blocus Continental que Napoléon avait décidé en 1806 et dont l'objectif ne fut jamais atteint. Un nouveau Napoléon est même revenu en France à travers la victoire de Macron à l'élection présidentielle de 2017 et l'Angleterre devra bientôt retourner à Bruxelles pour stopper sa marche triomphale dans le pays de Waterloo. Sinon, la gare de Waterloo et la place de Trafalgar devront être piteusement renommées la gare de Calais et la place la Manche : les Anglais sans les Normands seront à nouveau des perdants. De façon similaire, on pourrait dire que le « Clintexit » fut la revanche du peuple anglais du Midwest et des ceintures traditionalistes (ceinture de la Rouille, ceinture de la Bible) sur les élites normandes composées de gens bien éduqués des Côtes Ouest et Nord-Est.

Bientôt, il apparût que Trump n'avait pas été élu par hasard (même si sa victoire fut si étroite que Clinton rassembla près de 3 millions de votes de plus que lui, le plus large total jamais atteint par un perdant) et que Clinton n'avait pas été sacrifiée en vain. En effet, le grand-père de Donald Trump – Friedrich

Trump – quitta la petite ville allemande de Kallstadt en 1885 pour
New York. Quand la Ruée vers l'or arriva en 1896, il partit pour
l'Alaska où il installa quelques bordels et devint prospère. Son
fils Frederick investit la fortune dans l'immobilier – essentiellement à New York, surtout dans le Queens et à Brooklyn – avec
sa mère allemande, mais après la Deuxième Guerre mondiale
il raconta que la famille Trump était d'origine suédoise, parce
que ce n'était pas bon pour les affaires de passer pour allemand
dans la plus grande cité juive du monde. Il devint même l'ami
de Benjamin Netanyahou, le futur Premier Ministre d'Israël, qui
travaillait alors à Manhattan pour les Nations Unies. Son fils
Donald développa l'affaire et traversa l'East River pour ériger à
Manhattan sa propre tour-phallus qui séduisit en dernier lieu la
belle Melania, après de nombreuses autres femmes qu'il consi-
dérait généralement comme les prostituées embauchées par son
grand-père. Son propre gendre, marié à sa fille favorite, est un
Juif et Ivanka s'est elle-même convertie au judaïsme en 2009.
L'hyper-sioniste Jared Kushner est aujourd'hui non seulement
un conseiller de haut rang du Président, mais il est aussi le pivot
entre le Bureau ovale et Tel Aviv.

Le plus important, dans notre grille d'interprétation,
est que Trump est devenu Russe dans la Vraie Histoire et qu'il
devint Américain dans la Nouvelle Histoire, dont on se rappelle
qu'elle fut sérieusement arrangée grâce aux efforts de Gabriel
Michael Santorum. Il y a deux conséquences : ça signifie que
Gabriel voulait absolument que Trump devienne Américain –
c'est la troisième raison de l'achat de l'Alaska après ses champs
aurifères et sa position stratégique – et à l'opposé ça explique
le tropisme de Trump pour la Russie par la loi d'inertie temporelle. Il aime la Russie parce qu'il était citoyen russe dans la
précédente Histoire. Notamment, il a épousé deux femmes slaves

(Ivana et Melania), il fait ouvertement l'éloge du Président russe Vladimir Poutine et il a dit le 27 juillet 2016 qu'il espérait que les Russes pirateraient les courriels de Clinton et les a encouragé à publier ses messages privés. C'était la première fois dans l'Histoire des Etats-Unis qu'un futur Président aurait pu être accusé « d'intelligence avec l'étranger ». Mais inconsciemment, à cause de la loi d'inertie temporelle, c'est pour lui seulement de « l'intelligence intérieure ». De façon surprenante, il désigna Rex Tillerson (T.rex en abrégé contre un vrai prédateur comme Putinnosaurus rex) comme ministre des Affaires étrangères parce qu'il avait de forts liens avec la Russie en tant qu'ancien PDG d'Exxon. De la même manière, il n'est pas d'accord avec Donald Tusk, président du Conseil européen, qui devrait symboliquement représenter les défenses (tusk signifie défense en anglais) de l'OTAN pour l'éléphant Républicain, parce qu'il sait qu'il doit plutôt conclure un accord avec la Russie (contre l'Iran et les dernier pays communistes asiatiques) pour empêcher ou retarder ce à quoi certains centristes et gauchisants s'attendent et craignent sous le nom de « Trumpocalypse ».

La question suivante est : pourquoi Gabriel voulait-il que Trump soit élu Président ? La réponse surgit immédiatement de la nomination significative du Général quatre étoiles, retraité du Corps des Marines, James Mattis comme Ministre de la Défense le 1er décembre 2016, qui par conséquent est devenu un membre de plein droit du Conseil de Sécurité Nationale. Mattis a dit en 2012, avant de prendre sa retraite en 2013, que les trois plus graves menaces auxquelles faisaient face les Etats-Unis étaient « l'Iran, l'Iran, l'Iran. » Il a raison si vous comprenez « l'Iran en Irak, l'Iran en Syrie, l'Iran au Liban. » Le Grand Iran est un cauchemar non seulement pour les Etats-Unis, mais aussi pour Israël, pour l'Arabie Saoudite, pour la Turquie, pour la Russie.

L'intense antagonisme de Mattis vis-à-vis de l'Iran trouve son origine dans un lointain grief, qui remonte à 1983, quand 241 soldats américains, dont 220 Marines, furent tués à Beyrouth par un camion-suicide bourré d'explosifs piloté par l'Iran. Cela conduisit même le Président Obama à le remplacer à la tête du Commandement Central des Etats-Unis. Il prend maintenant sa revanche en contrôlant le Pentagone et en assouvissant finalement sa vieille haine de la République Islamique.

Une autre nomination significative est celle inattendue (parce qu'illégale selon le titre 50 du Code des Etats-Unis, section 3021) de Stephen Bannon, le stratégiste en chef de Trump, le 28 janvier 2017 comme membre régulier du Conseil de Sécurité Nationale. En effet, en tant qu'officier subalterne sur un destroyer de la Marine américaine, il accompagna le Nimitz en 1980 dans le golfe d'Oman, juste avant que le porte-avions ne lance des hélicoptères pour secourir les 52 otages de l'ambassade américaine retenus à Téhéran. Mais la mission échoua après la collision de deux hélicoptères et la libération manquée des otages lui fournit un exemple désolant de guidance présidentielle défaillante. C'est pourquoi il choisit de servir le futur Président Trump parce qu'il était l'exact opposé du Président d'alors, Carter, dont le manque de guidance le conduisit plus tard à rendre la propriété de Mar-a-Lago (Palm Beach, Floride) à la famille Post pour la mettre en vente et finalement permit à Trump de l'acheter pour seulement 8 millions de dollars (L'Art de la Négociation ?).

Comme le Lieutenant Général Michael Flynn, qui dut démissionner en tant que Conseiller à la Sécurité Nationale le 13 février 2017, Bannon est connu comme un islamophobe. Il semble être tout aussi bien iranophobe, un féroce adversaire de l'accord nucléaire international avec l'Iran et avide d'une confrontation militaire avec ce pays. Le Lieutenant Général H.R. McMaster qui a remplacé Flynn au Conseil de Sécurité Nationale le 20 février 2017 est un stratège militaire respecté, mais pas un idéologue comme Flynn ou un stratège politique comme Bannon, donc pas un rival pour lui. Placé d'abord au Conseil pour contrôler Flynn, il n'était plus utile dans ce rôle, aussi un mémorandum présidentiel le sortit du comité principal du CSN le 4 avril 2017. En fait, tout porte à croire que Bannon est devenu une vraie éminence grise dès que le seul rival qu'il avait autour du Président fut porté disparu au combat, grâce aux fuites du FBI à la presse à propos d'une enquête ordonnée par Obama : quel effet secondaire !

Mais les Quatre Grands Généraux au raisonnement évidemment militaire (Mattis, McMaster, Kelly, Dunford) ont réussi à limiter l'influence de Bannon à propos de Sécurité Nationale parce que leur stratégie militaire entrait en collision avec sa stratégie politique. Finalement, en tant que nouveau Secrétaire Général de la Maison Blanche, John Kelly l'élimina de la Maison Blanche le 18 août 2017. Ça ressemblait à un coup d'Etat militaire, pas contre le Président mais contre l'ingouvernable querelle de factions autour du Président parmi les généraux conduits par McMaster, les parents conduits par Kushner et les populistes conduits par Bannon. Avec une Aile Ouest presque sous la loi martiale, Trump semblait stable pour la première fois en six mois et, soutenu à la fois par le Corps des Marines et la Corporation Juive (« Javanka » et Cohn), maintenant invincible.

Trump est un acteur qui est attiré par les perturbateurs et les personnalités paranoïaques (Flynn, Bannon) qui le mettent en scène en lui donnant des scénarios dérangeants à jouer. Mais

Trump a de la déférence aussi pour la hiérarchie militaire, parce qu'il fut marqué par l'Académie Militaire de New York qu'il fréquenta à l'âge de 13 ans pendant cinq ans et parce qu'il aime les gars avec un instinct de tueur. Je cite le Général Mattis lui-même : « Être poli, être professionnel, mais avoir un plan pour tuer tous ceux que vous rencontrez. » Parmi les premières mises en œuvre militaires de son mandat, il y a la plus grosse augmentation (de 54 milliards de dollars) du budget militaire des Etats-Unis depuis la guerre d'Irak qu'il a demandé au Congrès dans sa première proposition de budget le 2 mars 2017, incluant l'augmentation du Corps des Marines de 23 à 36 bataillons (ce qui est la touche personnelle de Mattis), qui annonce probablement (après la défaite de l'Etat Islamique) une future attaque d'envergure contre l'Iran et ses installations nucléaires. En bref, les principales caractéristiques de cet homme versatile au Bureau Ovale sont sa pétulance naturelle et sa personnalité « Apprentice » (du nom de son émission de télé-réalité) : tendance à l'exagération, inclination à l'hyperbole, avec un discours familier et des mots très ostentatoires. Sa syntaxe sommaire et ses commentaires obscurs sont ceux d'un locuteur étranger et rappellent son origine russe dans la Vraie Histoire.

Incidemment, plusieurs autres nominations furent dans le sillage de celle de Jared Kushner, son gendre juif : Friedmann, avocat depuis longtemps de Trump et qui parle parfaitement l'hébreu, comme ambassadeur américain en Israël ; Mnuchin, un ancien dirigeant de Goldman Sachs, comme secrétaire au Trésor ; Cohn, un directeur sortant des opérations à Goldman Sachs qui a fondé le centre Cohn de l'étudiant juif, comme directeur du Conseil Economique National ; Shulkin, un ancien sous-secrétaire dans l'administration Obama et président du centre médical Beth Israël à New York, comme secrétaire aux Anciens combattants, et ainsi de suite. Mnuchin et Cohn, les enfants chéris de Goldman Sachs, sont les banquiers de l'équipe de l'aile ouest de la Maison Blanche entourant le Président et font partie de la filière juive avec Jared et Ivanka.

En résumé, nous avons changé un « roi noir » qui était gentil et plein d'amour par un « roi blanc » qui est colérique et méfiant – par le côté obscur de la Force en quelque sorte – pour faire face à d'autres rois coléreux à travers le monde, dont plusieurs sont musulmans. Le nouveau roi fera la guerre et accélèrera le changement climatique, mais il évitera la guerre nucléaire régionale qui apporterait un nouvel Holocauste et polluerait le ciel mondial comme 1000 Tchernobyl ! Il est l'ange sombre qui annonce la venue, dans un futur proche, du vrai Seigneur, qui sera le maître du temps et de l'histoire, peut-être Santorum - sanctum sanctorum - le Saint des Saints, grâce à la miraculeuse Z-machine et à son infinie source d'énergie.

Nous buvons déjà de l'eau de son puits.

Index

Éditeur : BoD-Books on Demand,
12/14 rond point des Champs Élysées, 75008 Paris, France
Impression : BoD-Books on Demand, Norderstedt, Allemagne
978-2-322-085071
Dépôt légal : octobre 2017